白魔女リンと3悪魔

エターナル・ローズ

成田良美／著
八神千歳／イラスト

★小学館ジュニア文庫★

白《しろ》魔女《まじょ》リン★と3悪魔《あくま》 エターナル・ローズ

White Witch Rin & Three Devils

Contents《コンテンツ》

Characters《キャラクター》

天ヶ瀬《あまがせ》リン

13歳《さい》の誕生日《たんじょうび》に白魔女《しろまじょ》だと気《き》づいた中学生《ちゅうがくせい》。それと同時《どうじ》に3悪魔《あくま》と婚約《こんやく》することに！　時《とき》の狭間《はざま》に生《う》まれたため、星座《せいざ》はない。

瓜生《うりゅう》御影《みかげ》

リンの事《こと》が大好《だいす》きな悪魔《あくま》。情熱的《じょうねつてき》すぎてリンもドキドキ。猫《ねこ》の時《とき》は、ルビー色《いろ》の眼《め》の黒猫《くろねこ》。悪魔《あくま》の時《とき》は、炎《ほのお》を操《あやつ》る。

前田《まえだ》虎鉄《こてつ》

気《き》まぐれなようにみえて、自分《じぶん》をしっかり持《も》っている悪魔《あくま》。猫《ねこ》の時《とき》は、タイガーアイの虎猫《とらねこ》。悪魔《あくま》の時《とき》は、風《かぜ》、竜巻《たつまき》を操《あやつ》る。

北条《ほうじょう》零士《れいじ》

冷静沈着《れいせいちんちゃく》だけど、リンのことになると熱《あつ》くなることも…!?　猫《ねこ》の時《とき》は、ブルーアイの白猫《しろねこ》。悪魔《あくま》の時《とき》は、氷《こおり》、凍結《とうけつ》、ブリザードを操《あやつ》る。

神無月《かんなづき》綺羅《きら》

リンの通《かよ》う鳴星学園《めいせいがくえん》の生徒《せいと》会長《かいちょう》。成績《せいせき》トップで、日本有《にほんゆう》数《すう》のお嬢様《じょうさま》で、さらにモデルもしている。だけどその正体《しょうたい》は、リンを狙《ねら》う黒魔女《くろまじょ》で…。

群《むら》　雲《くも》

いつも綺羅《きら》のそばにいて、綺羅《きら》のことを考《かんが》えている美《び》青年《せいねん》。だが実《じつ》は悪魔《あくま》で、猫《ねこ》の時《とき》はパープルアイの瞳《ひとみ》を持《も》つ。

Story《ストーリー》

わたし天ケ瀬《あまがせ》リンは13歳《さい》の誕生日《たんじょうび》に、白魔女《しろまじょ》だってことが分《わ》かったの！

「ハッピーバースデイ、リン」

しかも学園《がくえん》のイケメンベスト3が、みんな悪魔《あくま》で猫《ねこ》で、私《わたし》の婚約者《こんやくしゃ》だって！

いきなりそんなこと言《い》われても…。

猫《ねこ》ver.《バージョン》

ドキドキ♥

「リン、好《す》きだ」

瓜生御影《うりゅうみかげ》くんはすごく情熱《じょうねつ》的《てき》で気持《きも》ちもストレート。

ドキドキ♥

「君《きみ》を守《まも》りぬく」

北条零士《ほうじょうれいじ》くんは、頭《あたま》が良《よ》くていろんな呪文《じゅもん》を知《し》っているんだ。

「俺《おれ》を信《しん》じろ!」

ドキドキ♥

前田虎鉄《まえだこてつ》くんは、私《わたし》の知《し》らない世界《せかい》をいつも見《み》せてくれる。

そんな素敵《すてき》な3悪魔《あくま》から、結婚《けっこん》相手《あいて》を1人《り》選《えら》ばなくてはいけないなんて…

どうしよう!?

なに、これ!?

目《め》障《ざわ》りね
さらに、私《わたし》たちが通《かよ》う学園《がく》で「学園七《がくえんなな》不思議《ふしぎ》」が起《お》こったり、生徒会長《せいとかいちょう》が黒魔女《くろまじょ》だったりで!?

お母《かあ》さんが残《のこ》してくれた「スタージュエル」で、白魔女《しろまじょ》も黒魔女《くろまじょ》も仲《なか》良《よ》くできる世界《せかい》を私《わたし》はつくりたい!

星《ほし》はキラメキ★恋《こい》はトキメキ★マジカルストーリー!

第《だい》1話《わ》

～永《えい》遠《えん》のバラ～

1

ホームルームの時間《じかん》、地岡先生《ちおかせんせい》がにっこり笑顔《えがお》で言《い》った。

「では、1年《ねん》1組《くみ》の演目《えんもく》は、『ロミオとジュリエット』に決定《けってい》ということで」

毎年《まいとし》、秋《あき》、鳴星学園《めいせいがくえん》では演劇祭《えんげきさい》が行《おこな》われる。

クラス別《べつ》で、好《す》きな演目《えんもく》を自由《じゆう》に発表《はっぴょう》できるということで、多数決《たすうけつ》の結果《けっか》、わたしたちのクラスの演目《えんもく》が決《き》まった。

右隣《みぎどなり》の席《せき》の御影君《みかげくん》がこそっと聞《き》いてくる。

「リン、どんな話《はなし》だ？」

「とっても有名《ゆうめい》なラブストーリーだよ」

くわしい内容《ないよう》は知《し》らなくても、タイトルは誰《だれ》もが一度《いちど》は聞《き》いたことがある。

舞台《ぶたい》はイタリアの町《まち》、ヴェローナ。

モンタギュー家《け》のひとり息子《むすこ》、ロミオ。

キャピュレット家《け》のひとり娘《むすめ》、ジュリエット。

敵対《てきたい》している家《いえ》に生《う》まれたふたりが出会《であ》い、愛《あい》し合《あ》う。

劇作家《げきさっか》シェイクスピアの代表作《だいひょうさく》ともいえるラブストーリーだ。

「えー、ではまず、主人公《しゅじんこう》のロミオとジュリエットの配役《はいやく》を決《き》めましょうか」

すると御影君《みかげくん》がおもむろに手《て》をあげて、

「先生《せんせい》、その前《まえ》に確認《かくにん》したいことがある。すっげー重要《じゅうよう》な問題《もんだい》だ」

「はいはい、なんですかぁ？」

「そのラブストーリーに、キスシーンはあるのか？」

御影君《みかげくん》が大真面目《おおまじめ》な顔《かお》で質問《しつもん》した。

対《たい》する先生《せんせい》もメガネをくいっとあげながら、真面目《まじめ》な口調《くちょう》で答《こた》える。

「たしかに、それは重要《じゅうよう》な問題《もんだい》ですねぇ。ロミオとジュリエットは、悲劇《ひげき》のラブストーリーとして知《し》られていますが、ラストシーンについては好《この》みが分《わ》かれるところです。ふたりの愛《あい》は、果《は》たして成就《じょうじゅ》したのか否《いな》か……」

ダン！　御影君《みかげくん》が机《つくえ》をたたいて先生《せんせい》をにらんだ。

「細《こま》かいことはいい！　キスをするのかしないのか、どっちだ⁉」

「し、します！」

御影君《みかげくん》が立《た》ち上《あ》がって、力強《ちからづよ》く宣言《せんげん》した。

「よし！　俺《おれ》がロミオで、リンがジュリエットだ！」

えっ⁉

きゃ〜！　と女《おんな》の子《こ》たちの声《こえ》があがる。

「さっすが御影君《みかげくん》！」

「そう言《い》うと思《おも》った〜！」

みんな、楽《たの》しそうに盛《も》り上《あ》がっている。

「ちょ〜っと待《ま》ったぁ！」

今度《こんど》は、わたしの左隣《ひだりどなり》の席《せき》にいた虎鉄君《こてつくん》が立《た》ち上《あ》がった。

「リンがジュリエットやるなら、当然《とうぜん》、ロミオ役《やく》は俺《おれ》がいただくぜ」

待《ま》ってました〜！　と拍手喝采《はくしゅかっさい》。

いっけー！　と男《おとこ》の子《こ》たちからも声《こえ》があがる。

御影君《みかげくん》と虎鉄君《こてつくん》は、わたしをはさんでにらみ合《あ》う。

「ロミオは俺《おれ》だ」

「いーや、俺《おれ》だ」

ふたりの間《あいだ》でおろおろしているうちに、話《はなし》が勝手《かって》に進《すす》んでいく。

（ちょ、ちょっと待《ま》ってぇ……！）

わたし、ジュリエット役《やく》をやるなんて、一言《ひとこと》も言《い》ってないよ？

クラスのみんなも、おもしろがりすぎだよ！

先生《せんせい》がにこにこしながらクラスを見回《みまわ》して、

「ロミオ役《やく》の立候補《りっこうほ》は他《ほか》にはいませんかぁ？　北条君《ほうじょうくん》、立候補《りっこうほ》しますか〜？」

窓際後《まどぎわうし》ろの席《せき》にいる零士君《れいじくん》に、みんなの視線《しせん》が集中《しゅうちゅう》する。

こういうとき、いつも3人《にん》で対抗《たいこう》することが多《おお》いんだけど……。

零士君《れいじくん》の答《こた》えは予想外《よそうがい》のものだった。

「いえ、僕《ぼく》はけっこうです」

えぇぇ〜!?　とどよめきが起《お》こる。

「うっそ、どうしてぇ？」

「北条《ほうじょう》、なにがあったぁ!?」

驚《おどろ》くクラスメートたちに、零士君《れいじくん》は淡々《たんたん》と告《つ》げる。

「誰《だれ》が何《なに》をやるべきか、全体《ぜんたい》の配置《はいち》を考《かんが》えてのことだ。僕《ぼく》は舞台《ぶたい》に立《た》ち演《えん》じるよりも、全《ぜん》体《たい》をとり仕切《しき》る方《ほう》がいいと思《おも》う。適材適所《てきざいてきしょ》だ」

おぉ、なるほど〜、という声《こえ》があがる。

零士君《れいじくん》は学年《がくねん》トップで、成績《せいせき》がいいだけじゃなく、常《つね》にまわりの状況《じょうきょう》をしっかり見《み》ながら冷静《れいせい》な意見《いけん》を述《の》べている。

先生《せんせい》や生徒《せいと》みんなからの信頼《しんらい》も厚《あつ》いし、たしかに適任《てきにん》だ。

わたしはおずおずと手《て》をあげた。

「あのぉ……わたしも、ごめんなさい。他《ほか》にやりたいことがあるので、ジュリエット役《やく》はちょっと……」

え？　と、御影君《みかげくん》と虎鉄君《こてつくん》も、クラスのみんなもわたしに注目《ちゅうもく》する。

「できたら、衣装係《いしょうがかり》をやりたいです……洋服《ようふく》や小物《こもの》を作《つく》るのに、ちょっと興味《きょうみ》がありまして」

最近《さいきん》、クローゼットの奥《おく》にあったお母《かあ》さんの裁縫箱《さいほうばこ》を開《ひら》いた。

7年前《ねんまえ》に亡《な》くなったお母《かあ》さんは裁縫《さいほう》が得意《とくい》で、洋服《ようふく》や人形《にんぎょう》や小物《こもの》など、いろいろなものを作《つく》っていて、木製《もくせい》の裁縫箱《さいほうばこ》の中《なか》には、たくさんの針《はり》や色《いろ》とりどりの糸《いと》がきれいに整頓《せいとん》されていた。

それを眺《なが》めていたら、わたしもなにか作《つく》ってみたいなぁって、創作意欲《そうさくいよく》がわいてきた。

なにを作《つく》ろうか考《かんが》えていたところだったので、衣装作《いしょうづく》りはいい機会《きかい》だ。

先生《せんせい》が深《ふか》くうなずいて、

「なるほど。やりたいことがあるなら、ぜひやってください。では、天ケ瀬《あまがせ》さんは衣装係《いしょうがかり》をお願《ねが》いします」

「はい！　ありがとうございます」

立《た》っていた御影君《みかげくん》と虎鉄君《こてつくん》がすとんと椅子《いす》に座《すわ》って、

「リンが降《お》りるなら、俺《おれ》も降《お》りる」

「同《おな》じくパス」

え～～～！　クラスの女《おんな》の子《こ》たちから、一斉《いっせい》に抗議《こうぎ》の声《こえ》があがる。

「御影君《みかげくん》のロミオが見《み》たかったのに！」

「虎鉄君《こてつくん》が出《で》ないんじゃ、ロミジュリやる意味《いみ》ないよぉ！」

「零士君《れいじくん》の……ロミオ……」

女《おんな》の子《こ》たちは、ロミオを演《えん》じる御影君《みかげくん》たち3人《にん》を見《み》たかったらしい。

その気持《きも》ち、よくわかるよ。

御影君《みかげくん》が、まわりの男子《だんし》たちに放《ほう》り投《な》げるように言《い》う。

「おい、誰《だれ》かロミオやれよ」

クラスの男《おとこ》の子《こ》たちが顔《かお》を引《ひ》きつらせる。

「いやいやいや、この流《なが》れで、ロミオできるかよ！」

「めちゃくちゃ、やりづれーわ！」

みんな考《かんが》えこんで、話《はな》し合《あ》いが止《と》まってしまう。

すると、先生《せんせい》が提案《ていあん》した。

「では瓜生君《うりゅうくん》、前田君《まえだくん》、ロミオをやってくれた方《ほう》に、ごほうびをあげましょう。どうです？」

御影君《みかげくん》が興味《きょうみ》なさそうに鼻《はな》で笑《わら》う。

「はっ、ごほうびで俺《おれ》たちをつろうってのか？」

それは虎鉄君《こてつくん》も同《おな》じで、つられるものかといわんばかりだ。

「金《かね》か？　成績《せいせき》アップか？　興味《きょうみ》ねーな」

悪魔《あくま》のふたりをやる気《き》にさせるごほうびって、なんだろう？

先生《せんせい》はにっこり笑《わら》いながら言《い》った。

「天ヶ瀬《あまがせ》さんと1日《にち》デート、というのはどうです？」

えっ!?

御影君《みかげくん》と虎鉄君《こてつくん》が身《み》をのりだして、同時《どうじ》に言《い》った。

「「やる」」

「決《き》まりですね。天ヶ瀬《あまがせ》さん、デートの件《けん》、よろしくお願《ねが》いしますね」

「え？　あ、はい」

先生《せんせい》の笑顔《えがお》につられて、うなずいてしまった。

御影君《みかげくん》たちとのデートなら、わたしも楽《たの》しいからぜんぜんいいんだけど。

それにしても――

(先生《せんせい》、御影君《みかげくん》たちをのせるのがうまいなぁ)

自由奔放《じゆうほんぽう》な悪魔《あくま》がいるクラスの担任《たんにん》をやるのは大変《たいへん》だろうと思《おも》っていたけど、もうすっかり慣《な》れたみたいだ。

どっちがロミオをやるか、じゃんけんで勝負《しょうぶ》し、結果《けっか》、御影君《みかげくん》がロミオ役《やく》をゲットした。

「っしゃあ！　リンとのデートはもらった！」

「くっ！　おまえ、けっこう勝負強《しょうぶづよ》くなってきやがったな……！」

くやしそうに歯噛《はが》みする虎鉄君《こてつくん》に、先生《せんせい》が言《い》う。

「残念《ざんねん》でしたねぇ、前田君《まえだくん》。せっかくですし、他《ほか》の役《やく》をやりませんか？」

「他《ほか》の役《やく》？　どんな役《やく》だ？」

「主人公《しゅじんこう》のふたりについで重要《じゅうよう》な役《やく》は、ロレンス神父《しんぷ》ですね。愛《あい》し合《あ》うふたりの仲《なか》をとりもつ人物《じんぶつ》です」

ふぅん、と虎鉄君《こてつくん》は何《なに》やら考《かんが》えて、にやりと笑《わら》った。

「おっし！　俺《おれ》、神父《しんぷ》やるわ」

おぉ！　とどよめきが起《お》こった。

虎鉄君《こてつくん》が神父役《しんぷやく》なんて、すごく意外《いがい》。

(どんな神父《しんぷ》になるのかな？)

楽《たの》しみでわくわくしてきた。

虎鉄君《こてつくん》は挑発的《ちょうはつてき》に御影君《みかげくん》に言《い》う。

「せいぜいがんばれよ、ロミオ。リン以外《いがい》の女《おんな》と熱《あつ》～いキスかましやがれ」

「はぁ？　リンがジュリエットじゃねーなら、キスしねーし」

「はっは、照《て》れるな照《て》れるな。俺《おれ》がバッチリ祝福《しゅくふく》してやるからよ」

「しねーっつってんだろ⁉」

それを見《み》ながら、先生《せんせい》はにこにことのんきな口調《くちょう》で言《い》う。

「いやぁ、迫力《はくりょく》あるバトルシーンが見《み》られそうで、楽《たの》しみですねぇ」

神父《しんぷ》はロミオの味方《みかた》なんだけど……。

ふたりが戦《たたか》ってしまっては、物語《ものがたり》が変《か》わってしまうんじゃないかな。

（大丈夫《だいじょうぶ》かな？）

ちょっと心配《しんぱい》になってきた。

わたしは助《たす》けを求《もと》めるように、ちらっと後《うし》ろの席《せき》を見《み》る。

クラスがわいわいと盛《も》り上《あ》がる中《なか》で、零士君《れいじくん》は頬杖《ほおづえ》をつき、静《しず》かに窓《まど》の外《そと》を見《み》ていた。

その青《あお》い瞳《ひとみ》はここじゃないどこかを見《み》つめ、かすかに悲《かな》しみにゆれているように見《み》えた。

2

「あははっ、おもしろそうじゃない！　ロミオとジュリエットが無事《ぶじ》に結《むす》ばれるか、見《み》ものね」

放課後《ほうかご》、時計塔《とけいとう》の星占《ほしうらな》い部《ぶ》の部室《ぶしつ》で演劇《えんげき》の役決《やくぎ》めの話《はなし》をすると、蘭《らん》ちゃんは声《こえ》をあげて笑《わら》った。

「俺《おれ》がリン以外《いがい》と結《むす》ばれるかよ」

「だーかーら、俺《おれ》が結《むす》ばせてやるって」

言《い》い合《あ》う御影君《みかげくん》と虎鉄君《こてつくん》を見《み》て、蘭《らん》ちゃんが空中《くうちゅう》を跳《は》ねながら笑《わら》う。

それを見《み》て、わたしも思《おも》わずくすっと笑《わら》ってしまった。

「リン、なぁに？」

「だって、蘭《らん》ちゃんみたいに楽《たの》しそうに笑《わら》う幽霊《ゆうれい》って、あんまりいないんじゃないかなぁって思《おも》って」

ふつう幽霊《ゆうれい》というと、悲《かな》しい顔《かお》やうらめしそうな顔《かお》をして、暗《くら》い場所《ばしょ》でどんよりしているイメージだ。

幽霊《ゆうれい》が笑《わら》うと、透《す》きとおった体《からだ》が晴《は》れた日《ひ》の陽射《ひざ》しみたいに、きらきらゆらゆらする。

「ふふっ、そうかもね。最近思《さいきんおも》うの。幽霊《ゆうれい》になって楽《たの》しいこともあるなぁって。生《い》きてるときにはできなかったこともできるし。こんなのとか」

と、空中《くうちゅう》でくるんと回《まわ》ってみせた。

蘭《らん》ちゃんは地縛霊《じばくれい》だから、遠《とお》くへは行《い》けない。

長《なが》く姿《すがた》を現《あらわ》していることもできないので、人形《にんぎょう》にとり憑《つ》いたりしなければならず、できることには限《かぎ》りがある。

でも生《い》きているときにはできないことをやって、楽《たの》しそうに笑《わら》うようになった。

「プラスマイナスゼロ、とまではいかないけど、幽霊《ゆうれい》も悪《わる》くないわ」

出会《であ》ったときの蘭《らん》ちゃんは、嫉妬《しっと》や悲《かな》しみで悪意《あくい》をふくらませて苦《くる》しそうにしてたけど。

いまはとても前向《まえむ》きで、なにより楽《たの》しそうで、うれしい。

「物語《ものがたり》のラストは、どうするの？」

「ラスト？」

「原作《げんさく》だと、最後《さいご》にふたりとも死《し》んじゃうでしょ」

ロミオとジュリエットは、お互《たが》いに永遠《えいえん》の愛《あい》を誓《ちか》うけど、ちょっとしたすれちがいから、

ふたりは死《し》を選《えら》んでしまう。悲劇《ひげき》のラブストーリーだ。

図書室《としょしつ》に保管《ほかん》されていた台本《だいほん》に目《め》を通《とお》していた零士君《れいじくん》が、パラパラとページをめくりながら、

「これは数年前《すうねんまえ》の演劇祭《えんげきさい》で使《つか》われた『ロミオとジュリエット』の台本《だいほん》だが、このままの流《なが》れでやろうという話《はなし》になっている。ラストは原作通《げんさくどお》り、ふたりの死《し》で終《お》わる」

そっかぁ、と蘭《らん》ちゃんがちょっと残念《ざんねん》そうに言《い》う。

「ロミオとジュリエットといえば悲劇《ひげき》、ラストを変《か》えたら悲劇《ひげき》じゃなくなっちゃうものね。でも、死《し》んじゃった身《み》としてはさ、せっかく好《す》きな人《ひと》ができたんだから、ふたりとも死《し》なないで、生《い》きて幸《しあわ》せになれるようにがんばればいいのに、って思《おも》っちゃうのよね」

病気《びょうき》で亡《な》くなった蘭《らん》ちゃんには、思《おも》うところがあるようだ。

ほんの少《すこ》ししんみりしてたけど、蘭《らん》ちゃんはすぐに明《あか》るい声《こえ》で問《と》いかけてきた。

「で、衣装係《いしょうがかり》って、具体的《ぐたいてき》になにをやるの？」

「係《かかり》の子《こ》たちと一緒《いっしょ》に、衣装《いしょう》を作《つく》るの。前《まえ》にロミジュリやったときの衣装《いしょう》が残《のこ》ってるから、それを再利用《さいりよう》するんだけど、もっとステキにリメイクしたいねってことになって。蘭《らん》ちゃんにデザインの相談《そうだん》したいんだけど、いい？」

蘭《らん》ちゃんがぱあっと笑顔《えがお》になり、透《す》きとおった体《からだ》がきらきら輝《かがや》いた。

「もっちろん！　まっかせて！　とびっきりステキにリメイクするわ！」

ファッションデザイナーになることが夢《ゆめ》だった蘭《らん》ちゃんは、プロのカメラマンさんに褒《ほ》められたこともあるくらい、センスは抜群《ばつぐん》。

どんな衣装《いしょう》ができるのか、とっても楽《たの》しみだよ。

そのとき、扉《とびら》をノックする音《おと》と元気《げんき》な声《こえ》が聞《き》こえた。

「もしも～し、入《はい》ってもいいかな？　いいよね、おっ邪魔《じゃま》しま～す！」

扉《とびら》が開《あ》いて、青山《あおやま》かずみちゃんが笑顔《えがお》で入《はい》ってきた。

「やっほー、リンリン！」

同《おな》じ小学校《しょうがっこう》の同級生《どうきゅうせい》で、いまはクラスは違《ちが》うけど、よく星占《ほしうらな》い部《ぶ》に来《き》てくれる。

友達《ともだち》が来《き》てくれるのって、うれしいな。

わたしは笑顔《えがお》で迎《むか》えた。

「いらっしゃい、かずみちゃん」

「聞《き》いたよんっ。リンリンたちのクラス、『ロミオとジュリエット』やるんだって？　影《かげ》っちがロミオで、こてさんが神父《しんぷ》なんだって？」

さすが学園一《がくえんいち》の情報通《じょうほうつう》、情報《じょうほう》が早《はや》い。

「さっそく影《かげ》っちとこてさんが舞台衣装着《ぶたいいしょうき》てる写真《しゃしん》がほしい！　って、注文《ちゅうもん》があちこちからぞくぞく入《はい》ってるんだよねー」

「注文《ちゅうもん》……？」

零士君《れいじくん》が台本《だいほん》から目《め》を離《はな》して、とがめるように言《い》う。

「君《きみ》は、人《ひと》の写真《しゃしん》を売《う》りさばいて金《かね》もうけをしようというのか？」

かずみちゃんはあっけらかんと笑《わら》う。

「やだな～。もうけなんて、ほんのちょっぴりだよ！　あたしはみんなを幸《しあわ》せにしたいの。それが、あたしのモットーだから！」

零士君《れいじくん》はあきれ顔《がお》をしていたけど、わたしはかずみちゃんにちょっと同感《どうかん》だ。

蘭《らん》ちゃんデザインの衣装《いしょう》をまとった御影君《みかげくん》と虎鉄君《こてつくん》……きっと、絶対《ぜったい》かっこいい。

そんな写真《しゃしん》があったら、眺《なが》めながらドキドキにやにやしてしまう。

そういうときめきがあると、元気《げんき》になれる。

「というわけで、お願《ねが》い！　衣装《いしょう》できたらポーズとって、写真撮《しゃしんと》らせてちょーだい！」

拝《おが》むようにお願《ねが》いするかずみちゃんに、御影君《みかげくん》と虎鉄君《こてつくん》はそっけなく返事《へんじ》をする。

「嫌《いや》だ」

「めんどくせー」

するとかずみちゃんは、わたしの方《ほう》を見《み》て、

「リンリンはほしくない？　影《かげ》っちロミオと、こてさん神父《しんぷ》の写真《しゃしん》」

「え？　ほしい、けど」

御影君《みかげくん》と虎鉄君《こてつくん》が、猫《ねこ》が耳《みみ》をピンと立《た》てるみたいに反応《はんのう》した。

「リン、ほしいのか？　俺《おれ》の写真《しゃしん》が？」

「うん……いい思《おも》い出《で》になるし」

御影君《みかげくん》がしばし考《かんが》えて、かずみちゃんに条件《じょうけん》を出《だ》した。

「俺《おれ》は、リンとツーショットの写真《しゃしん》がほしい。撮《と》ってくれるなら、ついでに衣装《いしょう》の写真《しゃしん》も撮《と》らせてやってもいいぞ」

「おやすいご用《よう》だよ！」

すると虎鉄君《こてつくん》もかずみちゃんに、

「俺《おれ》も、リンとイチャついてる写真《しゃしん》を撮《と》ってくれよ」

「りょーかい！　じゃ、交渉成立《こうしょうせいりつ》ね！」

かずみちゃんはにかっと笑《わら》った。

断《ことわ》られた時点《じてん》であきらめるのがふつうだけど、そこから交渉《こうしょう》してオッケーをゲットしてしまう、そこがかずみちゃんのスゴイところだ。

感心《かんしん》していると、ドアの方《ほう》から声《こえ》が聞《き》こえた。

「あのぉ……青山《あおやま》さん、そろそろ入《はい》っていいかなぁ？」

扉《とびら》からひょこっと顔《かお》を出《だ》したのは、同《おな》じクラスの大沢《おおさわ》しのぶさんだった。

まっすぐな黒髪《くろかみ》は肩《かた》までのびていて、肌《はだ》が透《す》きとおるように白《しろ》くて、いつものんびりした口調《くちょう》で、ほんわかした雰囲気《ふんいき》をまとっている。

ほとんど話《はな》したことはないけど、日本人形《にほんにんぎょう》みたいにかわいい子《こ》だなぁって思《おも》ってた。

「どーぞどーぞ！　こちら大沢《おおさわ》しのぶちゃんこと、のぶのぶ。リンリンとクラス同《おな》じだから知《し》ってるよね？　リンリンに相談《そうだん》があるっていうから、連《つ》れてきたんだ」

星占《ほしうらな》い部《ぶ》では、占《うらな》いや悩《なや》み相談《そうだん》を受《う》け付《つ》けている。

わたしは入《い》り口《ぐち》でもじもじしている大沢《おおさわ》さんに声《こえ》をかけた。

「大沢《おおさわ》さん、どうぞ。ちょうど紅茶《こうちゃ》を淹《い》れようと思《おも》ってて。よかったら、一緒《いっしょ》に飲《の》みませんか？」

「わぁい、いただきまぁす」

大沢《おおさわ》さんはほんわか笑《わら》って、椅子《いす》にちょこんと座《すわ》った。

秋《あき》が少《すこ》しずつ深《ふか》まって、今日《きょう》はちょっと肌寒《はだざむ》い。

こんな日《ひ》は温《あたた》かいミルクティーがいい。

わたしが紅茶《こうちゃ》を用意《ようい》している間《あいだ》、かずみちゃんが大沢《おおさわ》さんに問《と》いかけた。

「んで、相談《そうだん》ってなになに？」

かずみちゃんは星占《ほしうらな》い部《ぶ》の部員《ぶいん》じゃないけど、ここにいるときは相談《そうだん》アドバイザーをしている。

「もしかして、ジュリエット役《やく》についてかな？」

大沢《おおさわ》さんはこくりとうなずいた。

「はい」

ロミオと神父《しんぷ》が決《き》まった後《あと》、ジュリエット役《やく》を決《き》めるとき、教室《きょうしつ》には緊迫《きんぱく》した空気《くうき》が流《なが》れた。

御影君《みかげくん》の人気《にんき》はアイドルのような感《かん》じで、実《じつ》はファンクラブまであったりする。

人気《にんき》アイドルの相手役《あいてやく》をやるのはプレッシャーなのか、女《おんな》の子《こ》たちはざわざわしながら、なかなか立候補《りっこうほ》する子《こ》は現《あらわ》れなかった。

そんなとき、手《て》をあげたのが、大沢《おおさわ》さんだった。

大沢《おおさわ》さんはミルクティーを一口《ひとくち》飲《の》んで、とうとつに言《い》った。

「実《じつ》はわたし、将来《しょうらい》、女優《じょゆう》になりたくて」

「え？　女優《じょゆう》……さん？」

「3歳《さい》の頃《ころ》からの夢《ゆめ》なんだ。児童劇団《じどうげきだん》に入《はい》ってて、舞台《ぶたい》には何度《なんど》か出《で》て、ドラマのオーディションとかも受《う》けてるんだ。なかなか受《う》からないけどね」

ゆっくりした口調《くちょう》で、すごいことを語《かた》った。

わあっ、とわたしは感嘆《かんたん》の声《こえ》をあげた。

「すごぉ〜〜〜い！　小《ちい》さい頃《ころ》から夢《ゆめ》があって、すごいね！　夢《ゆめ》を叶《かな》えるためにがんばってて、すごいね！　わたし、絶対応援《ぜったいおうえん》する!!」

同級生《どうきゅうせい》で、しかも同《おな》じクラスに女優《じょゆう》を目指《めざ》している子《こ》がいるなんて、わくわくしちゃう。

大沢《おおさわ》さんは少《すこ》し驚《おどろ》いた顔《かお》でわたしを見《み》つめて、ふんわりと笑《わら》った。

「ありがとう。主役《しゅやく》をやれるチャンスなんてめったにないから、ジュリエット役《やく》、すっごくはりきってるんだ」

虎鉄君《こてつくん》がニヤニヤしながら、御影君《みかげくん》をからかう。

「よかったなぁ、御影《みかげ》。初《はつ》キスの相手《あいて》がやる気満々《きまんまん》だぞ」

「はぁ？　キスなんかしねーし」

「ロミオはジュリエットとキスするって決《き》まってんだよ」

「しねーっつってんだろ！」

わたしはたしなめるように言《い》った。

「御影君《みかげくん》、お芝居《しばい》なんだから、フリでいいんだよ」

「フリでも、俺《おれ》はリン以外《いがい》とキスはしない」

「しっかりロミオをやらないと」

「俺《おれ》はリンとデートしたい、それだけだ」

気持《きも》ちはうれしいけど、大沢《おおさわ》さんに申《もう》しわけなくなってきた。

「大沢《おおさわ》さん、なんかごめんね……ジュリエットやりにくいよね？」

大沢《おおさわ》さんは気《き》を悪《わる》くした様子《ようす》もなく、ほっこりと笑《わら》う。

「そんなことないよ。瓜生君《うりゅうくん》は天ヶ瀬《あまがせ》さんのことが大好《だいす》きだって、みんな知《し》ってることだから。それに瓜生君《うりゅうくん》のそういうところ、ロミオっぽいなぁって思《おも》うし」

「ロミオっぽい……？」

「ロミオもジュリエットも、まわりから大反対《だいはんたい》されても愛《あい》をつらぬくでしょ？　なんと言《い》われても天ヶ瀬《あまがせ》さんに好《す》きだって言《い》いつづける瓜生君《うりゅうくん》は、すごくロミオだよぉ」

御影君《みかげくん》が感心《かんしん》したように大沢《おおさわ》さんに言《い》う。

「おまえ、よくわかってるじゃないか。そうだ、俺《おれ》はいつでもどこでもいつまでも、リンが好《す》きだ！」

気持《きも》ちはすごくうれしいけど、人前《ひとまえ》で告白《こくはく》されるのはちょっとはずかしい。

かずみちゃんが本題《ほんだい》に戻《もど》してくれた。

「聞《き》いてると、ジュリエットを演《えん》じるのに問題《もんだい》なさそうだけど。のぶのぶの相談《そうだん》ってなぁに？」

大沢《おおさわ》さんはわたしをじいっと見《み》た。

「天ヶ瀬《あまがせ》さんを観察《かんさつ》させてもらいたいの。ジュリエットを演《えん》じる参考《さんこう》に」

「え？　わたし？」

「ロミオから命《いのち》がけで愛《あい》されるジュリエットって、どんな人《ひと》なんだろう？　って考《かんが》えてたら、天ヶ瀬《あまがせ》さんが思《おも》い浮《う》かんだの。天ヶ瀬《あまがせ》さんみたいに、みんなから愛《あい》されるステキな人《ひと》なんだろうなって」

わたしは仰天《ぎょうてん》した。

「す、ステキだなんて……わたし、そんなことないよ!?」

すると、御影君《みかげくん》たち3人《にん》が当《あ》たり前《まえ》のように言《い》う。

「そんなことあるぞ」

「リンは知《し》らないだろうけど、リンは俺《おれ》たち以外《いがい》の男《おとこ》どもからもかなりモテてるぜ」

「僕《ぼく》たちがガードし、すべてはらいのけているがな」

え……そう、だったの?

すると大沢《おおさわ》さんもうなずいて、

「天ヶ瀬《あまがせ》さんのすごいところは、瓜生君《うりゅうくん》たち3人《にん》から好《す》かれてるのに、女《おんな》の子《こ》たちからやっかまれないところだよ。瓜生君《うりゅうくん》のファンクラブの人《ひと》たちからも応援《おうえん》されてるし。わたしも天ヶ瀬《あまがせ》さんのファンになっちゃった」

「ファン……?」

「だって、わたしが女優《じょゆう》になりたいって言《い》ったとき、すご~いって言《い》ってくれたでしょう? ふつう、みんな微妙《びみょう》な顔《かお》するんだよ。無理《むり》でしょって感《かん》じで。でも天ヶ瀬《あまがせ》さんは、本気《ほんき》で応援《おうえん》してくれてるのがわかって、うれしかったよ」

「応援《おうえん》……するよ？　だって、女優《じょゆう》になるためにがんばってるんでしょ？」

「うん。ありがと。やっぱり来《き》てよかったぁ。ジュリエットのイメージ、すごくわいたよ〜」

お礼《れい》を言《い》われるようなことは特《とく》にしてないと思《おも》うけど。

でも、役《やく》に立《た》てたならよかった。

「リンを見習《みなら》って、ジュリエットがんばれよ。キスはしねーけどな」

人事《ひとごと》のように言《い》う御影君《みかげくん》に、零士君《れいじくん》が言《い》う。

「人《ひと》のことより、御影《みかげ》、おまえは大丈夫《だいじょうぶ》なのか？」

「あ？　なにが？」

「ロミオはジュリエットと同《おな》じく、主人公《しゅじんこう》だ。登場《とうじょう》シーンもセリフも多《おお》い。クラスの中《なか》で、もっとも大変《たいへん》なのは間違《まちが》いない」

「そうなのか？」

え……わかってないのに、ロミオに立候補《りっこうほ》したの？

虎鉄君《こてつくん》が御影君《みかげくん》の肩《かた》に腕《うで》を回《まわ》して、

「おまえ、そもそも演技《えんぎ》なんかできんのかよ？　演劇《えんげき》なんかやったことねぇだろ？」

「う……おまえだって、やったことないだろ⁉」

「俺《おれ》はあるぜ。昔《むかし》、旅芸人《たびげいにん》の舞台《ぶたい》に飛《と》び入《い》りで参加《さんか》したことがある。けっこー受《う》けて、しばらくゲストとして出演《しゅつえん》したぞ」

虎鉄君《こてつくん》は自由《じゆう》とおもしろいことが大好《だいす》きだ。

舞台《ぶたい》に飛《と》び入《い》り参加《さんか》をしたことがあるなんて、さすがだよ。

虎鉄君《こてつくん》がにやにやしながら御影君《みかげくん》の顔《かお》をのぞきこむ。

「御影《みかげ》クンは初舞台《はつぶたい》だよな？　そんなんで主役《しゅやく》ができるのかな〜？」

御影君《みかげくん》がうつむいて、ちょっと不安《ふあん》げな顔《かお》をしている。

すると大沢《おおさわ》さんがにこにこしながら言《い》った。

「大丈夫《だいじょうぶ》だよぉ。瓜生君《うりゅうくん》は、そのままでロミオだから。いつも天ヶ瀬《あまがせ》さんに告白《こくはく》してるみたいに、セリフを言《い》えばいいんだよ〜」

「……それでいいのか？」

「わたしも天ヶ瀬《あまがせ》さんみたいなジュリエットを目指《めざ》して役作《やくづく》りするから、一緒《いっしょ》にがんばろー」

御影君《みかげくん》は顔《かお》を上《あ》げて言《い》った。

「がんばる！　リンとのデートのために！」

よかった、御影君《みかげくん》がやる気《き》になってくれた。

「大沢《おおさわ》さん、御影君《みかげくん》をよろしくお願《ねが》いします」

「こちらこそ、彼氏《かれし》さんにお世話《せわ》になります～」

お互《たが》いに頭《あたま》を下《さ》げあっていると、かずみちゃんがひょこっと間《あいだ》に入《はい》ってきて、

「おふたりさん、同《おな》じクラスなんでしょ？　敬語《けいご》やさんづけはやめたら？」

わたしたちはお互《たが》いを見合《みあ》った。

大沢《おおさわ》さんが照《て》れくさそうにもじもじしながら、言《い》ってくれた。

「リンちゃん……って呼《よ》んでいい？」

「もちろん。よろしくね、しのぶちゃん」

しのぶちゃんはほんわか笑《わら》った。

友達《ともだち》が増《ふ》えてうれしいなと思《おも》っていると、蘭《らん》ちゃんがふわりとそばに来《き》て言《い》った。

「あの子見《こみ》てたら、インスピレーションがわいたわ。ジュリエットの衣装《いしょう》も、いいデザインができそう」

演劇祭《えんげきさい》、すごく楽《たの》しみになってきた。

3

籐《とう》のバスケットのふたを開《あ》けると、同《おな》じ衣装係《いしょうがかり》の田辺《たなべ》さんと荒井《あらい》さんが、わあっ！と歓声《かんせい》をあげた。

「うわあ、すご〜い！」

「かっわいい〜！」

お母《かあ》さんの裁縫箱《さいほうばこ》と一緒《いっしょ》にあったバスケットの中《なか》には、ハギレやボタン、レースやリボン、ビーズなど、たくさんの手芸《しゅげい》の材料《ざいりょう》が入《はい》っている。

どれもかわいくて、きれいで、女《おんな》の子《こ》のハートをうきうきさせるものばかりだ。

「天ヶ瀬《あまがせ》さん、コレ使《つか》っちゃっていいの？」

「亡《な》くなったお母《かあ》さんのものなんでしょ？」

「いいよ。ずっとクローゼットの奥《おく》で眠《ねむ》ってたものだし、役《やく》に立《た》つなら、使《つか》ってもらった方《ほう》がきっとお母《かあ》さんも喜《よろこ》ぶと思《おも》うから」

わたしたちは、スケッチブックに描《か》かれた衣装《いしょう》のデザインを見《み》ながら、使《つか》えそうな材料《ざいりょう》をバスケットの中《なか》から探《さが》した。

デザイン画《が》を描《か》いたのは、もちろん蘭《らん》ちゃん。

前《まえ》に使《つか》われた衣装《いしょう》をベースに、装飾《そうしょく》を変《か》えたり、加《くわ》えたりするアイデアが書《か》かれていて、センスよくバージョンアップしている。

「このレース、ジュリエットの衣装《いしょう》にぴったり！」

「このボタンも使《つか》えそうじゃない？」

「いいね！」

話《はな》していると、アイデアがふくらんで夢《ゆめ》が広《ひろ》がる。

わたしたちは針《はり》をもち、糸《いと》を通《とお》して、さっそく装飾《そうしょく》やボタン付《つ》けをはじめた。

ちくちく縫《ぬ》うのは根気《こんき》のいる作業《さぎょう》だけど、おしゃべりしながらだとぜんぜん苦《く》にならない。

(楽《たの》しいなぁ)

魔法《まほう》を使《つか》えば、きっと一瞬《いっしゅん》でできてしまう。

でも、時間《じかん》や手間《てま》をかけて、みんなでおしゃべりしながら作《つく》りあげていくのがとても楽《たの》しい。

わたしは裁縫箱《さいほうばこ》の引《ひ》き出《だ》しを開《あ》けて、糸《いと》を探《さが》した。

生地《きじ》と似《に》た色《いろ》の糸《いと》がないか探《さが》していると、引《ひ》き出《だ》しの奥《おく》に、不思議《ふしぎ》なものを見《み》つけた。

(なんだろ?)

いろいろな色《いろ》の糸《いと》で編《あ》んである。

幅《はば》は1センチ、長《なが》さは10センチくらい。

紐《ひも》というにはちょっと短《みじか》く、片方《かたほう》の端《はし》は糸《いと》がばらけている状態《じょうたい》で、まだ完成《かんせい》していない。

それに文字《もじ》のようなものが編《あ》みこまれていた。

わたしはそれをもって、大道具係《おおどうぐがかり》と打《う》ち合《あ》わせをしていた零士君《れいじくん》のところへ行《い》った。

「零士君《れいじくん》、ちょっといい? これなんだけど」

見《み》せると、零士君《れいじくん》の目《め》がすっと細《ほそ》まった。

「……これをどこで?」

「お母《かあ》さんの裁縫箱《さいほうばこ》に入《はい》ってたの。これって、もしかして――」

「魔界《まかい》の文字《もじ》だ」

やっぱり。魔法陣《まほうじん》に浮《う》かびあがる文字《もじ》に似《に》てる。

「なんて書《か》いてあるの?」

零士君《れいじくん》がじっと文字《もじ》を見《み》つめて、言《い》った。

「『アンブリッジ』……何《なに》かの呪文《じゅもん》の冒頭部分《ぼうとうぶぶん》のようだが、これだけでは意味《いみ》はわからない」

「そっかぁ……」

謎《なぞ》が多《おお》いお母《かあ》さんのことを知《し》る、新《あたら》しい発見《はっけん》になるかと思《おも》ったんだけど……ちょっと残念《ざんねん》。

「おそらくカルラのことだから、誰《だれ》かのために、なにかを作《つく》ろうとしていたんだと思《おも》う。君《きみ》の力《ちから》になることがあるかもしれない。お守《まも》りとしてもっているといい」

「うん」

台本《だいほん》を読《よ》んでいたわたしのぶちゃんが来《き》て、零士君《れいじくん》に言《い》った。

「ここ、ロミオがジュリエットに告白《こくはく》するシーンで、一輪《いちりん》のバラを手渡《てわた》すってあるけど」

「……バラ？」

「造花《ぞうか》のバラを用意《ようい》しないと」

わたしはひらめいて、提案《ていあん》した。

「バラなら、園芸部《えんげいぶ》に頼《たの》んだらどうかな？　立派《りっぱ》なバラ園《えん》があるし、ちょうど秋《あき》バラの季《き》節《せつ》だからたくさん咲《さ》いてると思《おも》う。わたし、園芸部《えんげいぶ》の部長《ぶちょう》さんにお願《ねが》いしてこようか？」

いいね！　とみんな賛成《さんせい》してくれた。

「じゃあさっそく、いまから行《い》って聞《き》いてくるね」

セリフ合《あ》わせをしていた御影君《みかげくん》がそれを聞《き》きつけて、

「リン、俺《おれ》も行《い》く」

と、ついてこようとした御影君《みかげくん》の前《まえ》に、しのぶちゃんが立《た》ちはだかった。

「瓜生君《うりゅうくん》、ロミオのセリフ、まだ全部覚《ぜんぶおぼ》えてないでしょう？　休憩《きゅうけい》してる余裕《よゆう》はないよ」

「うっ……！」

虎鉄君《こてつくん》がわたしのそばにひょこっと来《き》て、

「ロミオはジュリエットとイチャついてな。リン、俺《おれ》と行《い》こうぜ」

教室《きょうしつ》を出《で》ていこうとしたけど、しのぶちゃんに引《ひ》き止《と》められた。

「前田君《まえだくん》はセリフは覚《おぼ》えてるけど、ぜんぜん感情入《かんじょうはい》ってないよ。セリフは言《い》えばいいってものじゃないの。心《こころ》こめないと」

「だって俺《おれ》、神様《かみさま》、信《しん》じてねーし」

「なら、そういう神父《しんぷ》にしようよ。神様《かみさま》を信《しん》じていない神父《しんぷ》っていうキャラクターにして、セリフを考《かん》えましょ」

「ん〜〜〜、あとでな」

「いまです。時間《じかん》がないんだから、いま考《かん》えて決《き》めていかないと」

しのぶちゃんの情熱《じょうねつ》に、御影君《みかげくん》も虎鉄君《こてつくん》もたじたじだ。

さすが本気《ほんき》で女優《じょゆう》を目指《めざ》しているだけある。

演技《えんぎ》で迷《まよ》っているとき、的確《てきかく》な指示《しじ》やアドバイスをくれるので、クラスみんなが頼《たよ》りにしていて、欠《か》かせない中心人物《ちゅうしんじんぶつ》となっていた。

「稽古《けいこ》は、彼女《かのじょ》に任《まか》せておけば大丈夫《だいじょうぶ》だろう。リン、行《い》こう」

「うん」

わたしは零士君《れいじくん》と教室《きょうしつ》を出《で》た。

4

鳴星学園《めいせいがくえん》には、立派《りっぱ》なバラ園《えん》がある。

入《い》り口《ぐち》のアーチには、いばらが巻《ま》きついていて、小《ちい》さな赤《あか》いバラがいくつも花開《はなひら》いていた。

「バラ、いっぱい咲《さ》いてるね」

零士君《れいじくん》から返事《へんじ》はなかった。

バラを見《み》つめている青《あお》い瞳《ひとみ》はかすかにゆれている。

「零士君《れいじくん》、大丈夫《だいじょうぶ》？」

青《あお》い瞳《ひとみ》がわたしを見《み》た。

「えっと……バラを見《み》るの、つらい？」

零士君《れいじくん》は昔《むかし》、『バラの魔女《まじょ》』と呼《よ》ばれる黒魔女《くろまじょ》と結婚《けっこん》の契約《けいやく》を結《むす》んでいた。

彼女《かのじょ》に逆《さか》らえないように黒魔法《くろまほう》をかけられて、わたしのお母《かあ》さんがそれを白魔法《しろまほう》で断《た》ち切《き》って、彼女《かのじょ》から解放《かいほう》された。

解放《かいほう》されているはずなんだけど……。

バラを見《み》て、苦《くる》しい過去《かこ》を思《おも》い出《だ》しているんじゃないかと思《おも》って、心配《しんぱい》になってきた。

零士君《れいじくん》は表情《ひょうじょう》を変《か》えずに言《い》った。

「大丈夫《だいじょうぶ》だ」

「ホント？」

「心配性《しんぱいしょう》だな、リンは」

「だって……零士君《れいじくん》はよく我慢《がまん》するから」

青《あお》い瞳《ひとみ》がわたしをじっと見《み》る。

「零士君《れいじくん》、最近《さいきん》ちょっと元気《げんき》ないなぁって思《おも》ってるんだけど……ちがう？」

みんなが演劇《えんげき》の話《はなし》で盛《も》り上《あ》がっている中《なか》、頬杖《ほおづえ》をついて外《そと》を眺《なが》めている零士君《れいじくん》の姿《すがた》は、ひとりでなにかを思《おも》い悩《なや》んでいるように見《み》えた。

「バラが苦手《にがて》なら、無理《むり》しなくていいよ？　わたしひとりで行《い》くから」

「君《きみ》をひとりで行《い》かせるわけにはいかない。君《きみ》を守《まも》ることが、婚約者《こんやくしゃ》の義務《ぎむ》なのだから」

零士君《れいじくん》は迷《まよ》いなく言《い》い切《き》った。

わたしは零士君《れいじくん》と一緒《いっしょ》にバラのアーチをくぐり、バラ園《えん》に入《はい》って、声《こえ》をあげた。

「うわあ……！」

そこには美《うつく》しい世界《せかい》がひろがっていた。バラっていうと赤《あか》やピンクの印象《いんしょう》があったけど、黄色《きいろ》やオレンジ、白《しろ》もある。

見《み》とれていると、バラ園《えん》で作業《さぎょう》をしていた園芸部《えんげいぶ》の部長《ぶちょう》さんが笑顔《えがお》で走《はし》ってきた。

「天ケ瀬《あまがせ》さん、いらっしゃい！　お久《ひさ》しぶりね」

「部長《ぶちょう》さん、こんにちは」

わたしはぺこりと頭《あたま》を下《さ》げる。

園芸部《えんげいぶ》には部活見学《ぶかつけんがく》に来《き》たことがあって、部長《ぶちょう》さんとはそのときに知《し》り合《あ》った。

「突然来《とつぜんき》てすみません。なにか作業中《さぎょうちゅう》でした？」

「ローズフェスタの準備《じゅんび》をしてたところよ」

「ローズフェスタ？」

部長《ぶちょう》さんはポスターを見《み》せてくれた。

「園芸部《えんげいぶ》でやるバラのイベントよ。わたしたちが育《そだ》てたバラをたくさんの人《ひと》たちに見《み》てもらいたくて、毎年《まいとし》、秋《あき》バラが咲《さ》くこの時期《じき》に開催《かいさい》するの」

ポスターには色《いろ》とりどりのバラの写真《しゃしん》が載《の》っている。

部《ぶ》長《ちょう》さんは作《つく》っていた立《た》て看板《かんばん》も見《み》せてくれた。

そこにはバラの名前《なまえ》、開花《かいか》サイクル、作《つく》った人《ひと》の国《くに》や名前《なまえ》、香《かお》りの特徴《とくちょう》などが、ていねいに書《か》いてある。

「来《き》てくれた人《ひと》に興味《きょうみ》をもってもらえるように、バラの説明書《せつめいが》きを改良《かいりょう》してたの」

「こういうのがあるといいですね。どんなバラなのか、よくわかるし」

するとなぜか部長《ぶちょう》さんが小《ちい》さく息《いき》をついた。

「でも、なかなか見《み》に来《き》てもらえないのよねぇ。この時期《じき》って、毎年《まいとし》みんな演劇祭《えんげきさい》の準備《じゅんび》で忙《いそが》しいし」

たしかにどこのクラスの生徒《せいと》も、先生《せんせい》たちも、みんな忙《いそが》しそうで、ゆっくりバラを見《み》にくる余裕《よゆう》はないかもしれない。

「せめて、演劇祭《えんげきさい》を観《み》に来《き》た人《ひと》たちに来《き》てもらいたいなぁって思《おも》うんだけど、会場《かいじょう》からバラ園《えん》は、ちょっと離《はな》れてるじゃない？　ここまで足《あし》を運《はこ》んでもらうのが難《むずか》しいのよ」

毎年《まいとし》ポスターを貼《は》ったり、ビラを配《くば》ったり、ひととおりのことはやっているそうだけど、なかなか来園者《らいえんしゃ》の増加《ぞうか》にはつながらないみたい。

わたしは何《なに》かいい方法《ほうほう》がないか考《かんが》えながら、つぶやいた。

「バラって、使《つか》える花《はな》なんですけどねぇ」

「使《つか》える？」

「むかし、わたしの母《はは》が言《い》ってたんです。バラは見《み》るだけじゃもったいないって。ジュースやジャムを作《つく》ったり、ドライフラワーにして飾《かざ》ったり、花《はな》びらをお風呂《ふろ》に入《い》れるのもいいって」

手間《てま》ひまかけて、工夫《くふう》して、お母《かあ》さんは咲《さ》いたバラからいろいろなものを作《つく》っていた。

魔法《まほう》みたいに。

「――それだわ！」

部長《ぶちょう》さんが叫《さけ》んだ。

「バラを使《つか》ったグッズを作《つく》って、配《くば》って宣伝《せんでん》するのはどう？」

「それ、いいですね！　女《おんな》の子《こ》って、バラのグッズが好《す》きな子《こ》、すごく多《おお》いですし」

部長《ぶちょう》さんはうんうんとうなずく。

「園芸部《えんげいぶ》のみんなと相談《そうだん》して、やってみるわ」

どんなバラグッズができるか楽《たの》しみだ。

わたしの後《うし》ろにいた零士君《れいじくん》が、横《よこ》に来《き》て言《い》った。

「リン、そろそろ本題《ほんだい》に入《はい》っていいか？」

あっ。

ここへ来《き》た目的《もくてき》を思《おも》い出《だ》した。

「部長《ぶちょう》さん、ちょっとお願《ねが》いがありまして」

劇《げき》で使《つか》うバラをもらえないかとお願《ねが》いすると、部長《ぶちょう》さんは快《こころよ》くオッケーしてくれた。

「お安《やす》いご用《よう》よ。わたしたちが育《そだ》てたバラを使《つか》ってもらえるなんて、うれしいわ。どれでも好《す》きなバラをどうぞ。どの種類《しゅるい》にするか、決《き》まったら教《おし》えて。演劇祭《えんげきさい》の朝《あさ》に、一番《いちばん》きれいに咲《さ》いているバラをお届《とど》けするわ」

「ありがとうございます！」

部長《ぶちょう》さんは手《て》をふりながら、作業《さぎょう》に戻《もど》っていった。

わたしは零士君《れいじくん》と、バラ園《えん》のバラを見《み》ながら歩《ある》いた。

「バラって、色《いろ》も、大《おお》きさも、形《かたち》もいろいろなんだねえ」

「香《かお》りもそれぞれちがう」

わたしは近《ちか》くにあったバラに顔《かお》を近《ちか》づけて、深呼吸《しんこきゅう》をした。

「ほんとだ、いい香《かお》り！」

「見事《みごと》なバラ園《えん》だな。『クイーン・エリザベス』、『カクテル』、『ボレロ』、『ウィンダミア』……多種多様《たしゅたよう》なバラが美《うつく》しく配置《はいち》されている」

バラを眺《なが》めながら語《かた》る零士君《れいじくん》に、苦《くる》しそうな様子《ようす》はない。

「何色《なにいろ》のバラがいいかな？」

「赤《あか》がいいのではないか？　赤《あか》いバラの花言葉《はなことば》は『愛情《あいじょう》』。ロミオが愛《あい》を告白《こくはく》するのにふさわしいと思《おも》う」

「へえ、そうなんだ。零士君《れいじくん》、くわしいね」

零士君《れいじくん》は咲《さ》き誇《ほこ》るバラを見《み》ながら目《め》を細《ほそ》めた。

「長《なが》い間忘《あいだわす》れていたが……もともと僕《ぼく》は、バラという花《はな》が好《す》きだった。種類《しゅるい》も色《いろ》も香《かお》りも多彩《たさい》で、高貴《こうき》で、可憐《かれん》なたたずまいを好《この》ましく思《おも》っていた」

「そっか。好《す》きってことを思《おも》い出《だ》せて、よかったね」

「……なぜ？」

「だって好《す》きって気持《きも》ちは、心《こころ》を元気《げんき》にするでしょ？」

ファッションのデザインを考《かんが》える蘭《らん》ちゃん。

演劇《えんげき》の稽古《けいこ》をするしのぶちゃん。

バラのお世話《せわ》をする園芸部《えんげいぶ》の部長《ぶちょう》さん。

好《す》きなことをやっている姿《すがた》は、すごく輝《かがや》いて見《み》える。

「零士君《れいじくん》の好《す》きなものがわかって、ちょっとうれしい」

零士君《れいじくん》は表情《ひょうじょう》を隠《かく》すようにふいと横《よこ》をむいて、「そうか」とつぶやいた。

少《すこ》し照《て》れてるのかな？

ほんのり頬《ほお》が赤《あか》くなっている。

バラ園《えん》をさらに奥《おく》へ進《すす》むと、たくさんのバラの中《なか》に、ひときわきれいな真紅《しんく》のバラを見《み》つけた。

「わぁ、見《み》て。このバラ、すっごくきれいな赤《あか》だよ！　これどうかな？」

さわろうと手《て》をのばすと、零士君《れいじくん》の手《て》がわたしの手《て》にふれて止《と》められた。

「バラにはトゲがある。むやみにさわらないことだ」

よく見《み》ると、バラの茎《くき》に細《こま》かいトゲトゲがたくさんついている。

「あ、ホントだ。思《おも》いきりさわっちゃうところだったよ。ありがと、零士君《れいじくん》」

笑《わら》いながら零士君《れいじくん》を見《み》て、ドキリとした。

青《あお》い瞳《ひとみ》がまっすぐ見《み》つめてくる。

なにか言《い》いたげにゆれながら。

にぎられたままの手《て》が熱《あつ》い。

「……零士君《れいじくん》？　きゃ⁉」

突然《とつぜん》、零士君《れいじくん》がわたしを引《ひ》き寄《よ》せ、抱《だ》きしめてきた。

両腕《りょううで》でぎゅっと包《つつ》まれて、全身《ぜんしん》がぴったり密着《みっちゃく》する。

わたしは真《ま》っ赤《か》になりながらあわあわした。

「ど……どうしたの？」

「すまない……少《すこ》しだけ、このままでいてくれないか」

御影君《みかげくん》や虎鉄君《こてつくん》は、ふいうちで抱《だ》きついたりくっついたりしてくるけど、零士君《れいじくん》はあまりこういうことをしない。

（零士君《れいじくん》、やっぱり元気《げんき》ないかも）

人《ひと》も猫《ねこ》も、不安《ふあん》なときは誰《だれ》かにくっつきたくなる。

悪魔《あくま》だってきっと同《おな》じだ。

わたしはドキドキしながら零士君《れいじくん》の体《からだ》に手《て》をそえて、胸元《むなもと》にそっと頬《ほお》を寄《よ》せた。

そのとき……ガサッ。

近《ちか》くのバラのしげみが動《うご》いて音《おと》がした。

零士君《れいじくん》がすばやくわたしを背《せ》にかばい、鋭《するど》い声《こえ》で問《と》う。

「誰《だれ》だ？」

しげみがガサガサッと動《うご》いて、白衣《はくい》の男《おとこ》の人《ひと》が出《で》てきた。

「いててて っ！」

「地岡先生《ちおかせんせい》！」

先生《せんせい》はふわふわした髪《かみ》の毛《け》に葉《は》っぱをいっぱいつけて、トゲでひっかいたのか手《て》や頬《ほお》に小《ちい》さな傷《きず》をいくつもつけながら、笑《わら》った。

「あ、どうもどうも～。バラのトゲって、痛《いた》いんですねぇ。いっぱい刺《さ》さっちゃいました」

零士君《れいじくん》が眉《まゆ》をひそめながら問《と》う。

「先生《せんせい》は、こんなところでなにをしているんですか？」

「えっとぉ、実《じつ》は……学園七不思議《がくえんななふしぎ》の調査《ちょうさ》をしてたんです」

わたしと零士君《れいじくん》は顔《かお》を見合《みあ》わせた。

学園七不思議《がくえんななふしぎ》――いつ、誰《だれ》が言《い》いだしたかわからない噂話《うわさばなし》。

ふつう、大人《おとな》は笑《わら》って信《しん》じないけど、地岡先生《ちおかせんせい》は真剣《しんけん》に調査《ちょうさ》している。

そしてわたしたちも、それがただの噂《うわさ》ではないと知《し》っている。

いままでさまざまな不思議《ふしぎ》な現象《げんしょう》を、この目《め》で見《み》て、実際《じっさい》に体験《たいけん》したからだ。

「この学園《がくえん》のバラ園《えん》には、『枯《か》れないバラ』があるらしいんですよ」

「枯《か》れないバラ……ですか？」

「はぁい」

「それは、プリザーブドフラワーとはちがうんですか？」

プリザーブドフラワーは、本物《ほんもの》の花《はな》を乾燥《かんそう》、脱水《だっすい》、着色《ちゃくしょく》して、長《なが》く楽《たの》しむために加工《かこう》されたものだ。プレゼントやインテリアとして、お花屋《はなや》さんや雑貨店《ざっかてん》などに並《なら》んでいる。

「加工《かこう》したものではなく、そのバラはもっとも美《うつく》しい姿《すがた》で、永遠《えいえん》に咲《さ》きつづけるそうです」

それが真実《しんじつ》なら、本当《ほんとう》に不思議《ふしぎ》な話《はなし》だ。

学園七不思議《がくえんななふしぎ》はこれで６つ目《め》。

「でも、たくさんバラが咲《さ》いていて、どれが枯《か》れないバラなのか、さっぱりわからないですねぇ」

あははは！　と先生《せんせい》は陽気《ようき》に笑《わら》いとばす。

バラが咲《さ》く季節《きせつ》に、枯《か》れないバラを探《さが》すのは難《むずか》しい。

「ですねぇ」

「出直《でなお》します。どうも、お邪魔《じゃま》しました。失礼《しつれい》しま〜す」

先生《せんせい》は笑顔《えがお》で頭《あたま》をかき、ふらふら歩《ある》きながら去《さ》っていった。

わたしはあたりのバラをぐるりと見回《みまわ》して、

「枯《か》れないバラなんて、あるのかなぁ？」

「ありえない」

零士君《れいじくん》が固《かた》い声《こえ》で言《い》い切《き》った。

「あってはならない。どんな生《い》き物《もの》にも寿命《じゅみょう》があるように、どんな花《はな》も必《かなら》ず枯《か》れる。美《うつく》しいままで永遠《えいえん》に枯《か》れないバラは、不老不死《ふろうふし》ということになる」

そう言《い》われれば、たしかにそうだ。

「もし本当《ほんとう》にあるのなら、それは何者《なにもの》かの魔法《まほう》によって生《う》みだされたものと考《かんが》えられる」

これまで見《み》てきた七不思議《ななふしぎ》はどれもグールや魔法《まほう》が関《かか》わっていた。

「またグールが現《あらわ》れるのかな？」

「その可能性《かのうせい》は高《たか》い。御影《みかげ》や虎鉄《こてつ》にも伝《つた》えよう」

「うん」

わたしたちは一番大《いちばんおお》きな赤《あか》いバラを使《つか》うことを部長《ぶちょう》さんに告《つ》げて、バラ園《えん》を後《あと》にした。

たくさんのバラのつぼみが可憐《かれん》にゆれていた。

5

演劇祭当日《えんげきさいとうじつ》は、さわやかな秋晴《あきば》れだった。

鳴星学園《めいせいがくえん》は生徒数《せいとすう》が多《おお》く、クラスの数《かず》も多《おお》いので、演劇《えんげき》は第《だい》1体育館《たいいくかん》、第《だい》2体育館《たいいくかん》、ホールなど数力所《すうしょ》に分《わ》かれて行《おこな》われる。

わたしたちのクラスは第《だい》1体育館《たいいくかん》のトップバッターなので、さっそく舞台裏《ぶたいうら》で準備《じゅんび》をはじめた。

観客席《かんきゃくせき》にはぞくぞくとお客《きゃく》さんが入《はい》っている。

うぅ〜、緊張《きんちょう》してきた。

そこへ園芸部《えんげいぶ》の部長《ぶちょう》さんがバラを届《とど》けに来《き》てくれた。

大《おお》きくてきれいな真《ま》っ赤《か》なバラだ。

「部長《ぶちょう》さん、ありがとうございます！」

「お礼《れい》を言《い》うのはわたしの方《ほう》。バラを見《み》にくる人《ひと》がね、すごく増《ふ》えたの。バラのグッズを作《つく》って宣伝《せんでん》する作戦《さくせん》、大成功《だいせいこう》」

うれしそうな部長《ぶちょう》さんの笑顔《えがお》が見《み》られて、わたしもうれしい。

「ロミオとジュリエット、がんばってね」

「はい！　ありがとうございます」

頭《あたま》を下《さ》げながら部長《ぶちょう》さんを見送《みおく》って、わたしは裏方《うらかた》スタッフとして舞台袖《ぶたいそで》で待機《たいき》した。

ショルダーバッグを肩《かた》にかけて、台本《だいほん》やペン、タオルなどを入《い》れて、さらにそこに人形《にんぎょう》の蘭《らん》ちゃんに入《はい》ってもらった。

「リン、重《おも》くない？」

「ぜんぜん。これなら蘭《らん》ちゃんも一緒《いっしょ》に舞台《ぶたい》を見《み》られるでしょ？」

蘭《らん》ちゃんはバッグの中《なか》からじっとわたしを見上《みあ》げて言《い》った。

「リン、ありがとね。衣装係《いしょうがかり》になったのも、わたしが参加《さんか》できるように考《かんが》えてくれたんでしょう？」

「わたしが、蘭《らん》ちゃんと一緒《いっしょ》に衣装係《いしょうがかり》やりたかったんだよ」

蘭《らん》ちゃんは、くすぐったそうに笑《わら》う。

「でも、ジュリエットをやるリンも見《み》たかったなぁ。ドレス、絶対似合《ぜったいにあ》うのに」

「舞台《ぶたい》に立《た》ったら、頭《あたま》の中真《なかま》っ白《しろ》になってセリフがとんじゃうよ」

「それもそうね」

笑《わら》い合《あ》っていると、零士君《れいじくん》がそばにやってきた。

「まもなくはじまる。準備《じゅんび》はいいか？」

わたしはうなずいて、ポケットからとりだしたものをさしだした。

「零士君《れいじくん》、これあげる」

「これは……──」

「お母《かあ》さんの裁縫箱《さいほうばこ》に入《はい》ってた紐《ひも》だよ。ちょっと短《みじか》かったから、糸《いと》をつなげて編《あ》んで、ミサンガにしたの」

ミサンガとは、紐《ひも》を編《あ》んで作《つく》るブレスレットのこと。

願《ねが》いをこめながら作《つく》って、手首《てくび》に結《むす》び、切《き》れたら願《ねが》いが叶《かな》うって言《い》われている。

「零士君《れいじくん》の悩《なや》みが解消《かいしょう》しますように」

祈《いの》りながら、わたしは零士君《れいじくん》の左《ひだり》の手首《てくび》にミサンガを結《むす》びつけた。

わたしだけでは力《ちから》が足《た》りないかもしれないけど、もしお母《かあ》さんの力《ちから》が少《すこ》しでも紐《ひも》に編《あ》みこまれているのだとしたら、零士君《れいじくん》の悩《なや》みを解消《かいしょう》する助《たす》けになるかもしれない。

零士君《れいじくん》はミサンガを見《み》つめて、右手《みぎて》でぎゅっとにぎりしめた。

そのとき、場内《じょうない》アナウンスが体育館《たいいくかん》に響《ひび》いた。

「皆様《みなさま》、お待《ま》たせいたしました。これより、鳴星学園《めいせいがくえん》『演劇祭《えんげきさい》』開演《かいえん》します」

クラスのみんなが各所《かくしょ》にスタンバイしている。

わたしは舞台袖《ぶたいそで》で、零士君《れいじくん》と蘭《らん》ちゃんと一緒《いっしょ》に、スタンバイオッケーの合図《あいず》をだした。

「1年《ねん》1組《くみ》『ロミオとジュリエット』です」

アナウンスを合図《あいず》に、幕《まく》が上《あ》がった。

舞台上《ぶたいじょう》には、ロミオの御影君《みかげくん》が立《た》っていて、憂《うれ》いをおびた表情《ひょうじょう》でつぶやく。

「あぁ、争《あらそ》いの声《こえ》が聞《き》こえる……モンタギューとキャピュレットが憎《にく》しみ合《あ》っている声《こえ》だ。憎《にく》しみに満《み》ちたこの世界《せかい》に、なぜ俺《おれ》は生《う》まれたのか？　キャピュレットを憎《にく》むためなのか？　むなしい……俺《おれ》はまだ、恋《こい》を知《し》らない」

きゃ〜！　興奮《こうふん》した女《おんな》の子《こ》たちの歓声《かんせい》があがる。

御影君《みかげくん》の姿《すがた》はいつも見《み》ているけど、いつもとぜんぜんちがった。

蘭《らん》ちゃんデザインの衣装《いしょう》ももちろんかっこいいんだけど、立《た》っているだけでさまになるその姿《すがた》に、女《おんな》の子《こ》はみんなハートをわしづかみにされた。

ロミオの御影君《みかげくん》、ステキすぎる！


次《つぎ》に歓声《かんせい》があがったのが、神父《しんぷ》の登場《とうじょう》シーンだ。

虎鉄君《こてつくん》が舞台《ぶたい》に立《た》った瞬間《しゅんかん》、どよめきが起《お》こった。

十字架《じゅうじか》の刺繍《ししゅう》が入《はい》った神父服《しんぷふく》は、神父《しんぷ》というより海賊《かいぞく》の船長《せんちょう》だ。

シャツの胸元《むなもと》を開《ひら》き、不敵《ふてき》な表情《ひょうじょう》でブーツを鳴《な》らしながらゆうゆうと歩《ある》く。

こんな神父《しんぷ》、いままで見《み》たことない。

虎鉄君《こてつくん》は教会《きょうかい》の背景《はいけい》をバックに立《た》ち、肩《かた》にかけた神父服《しんぷふく》をバサッとひらめかして、声《こえ》をはりあげた。

「神《かみ》に祈《いの》ってなんになる？　神《かみ》は何《なに》もしちゃくれないぜ。言《い》いたいことはこの俺《おれ》、ロレンス神父《しんぷ》に懺悔《ざんげ》しな。全員《ぜんいん》まとめて天国《てんごく》へ導《みちび》いてやる！」

きゃ〜！　という女性《じょせい》の声《こえ》と、うお〜！　という太《ふと》い声《こえ》が入《い》り交《ま》じった歓声《かんせい》が起《お》こる。

まるでロックスターのステージみたい。

どんな神父《しんぷ》になるかと思《おも》ってたけど、ものすごいカリスマ性《せい》とインパクトのある神父《しんぷ》だった。

園芸部《えんげいぶ》のバラは、有名《ゆうめい》なバルコニーのシーンで使《つか》われた。

ロミオが赤《あか》いバラをさしだして、ジュリエットに愛《あい》を語《かた》る。

バラを受《う》けとったジュリエットのしのぶちゃんが渾身《こんしん》の演技《えんぎ》を見《み》せた。

「あぁ、ロミオ……モンタギュー家《け》のひとり息子《むすこ》。あなたはどうしてロミオなの？」

せつない表情《ひょうじょう》から、ジュリエットの想《おも》いが伝《つた》わってくる。

メイクをして衣装《いしょう》をまとったしのぶちゃんは、ジュリエットそのもの。

ヒロインらしい存在感《そんざいかん》と演技力《えんぎりょく》に、目《め》が惹《ひ》きつけられる。

「あの子《こ》、すごいわね」

蘭《らん》ちゃんがつぶやいた感想《かんそう》に、わたしもこくこくとうなずいた。

しのぶちゃんはわたしのこと、ステキだって言《い》ってくれたけど、しのぶちゃんだって、すごくステキだよ。

御影君《みかげくん》が出番《でばん》を終《お》えて、舞台袖《ぶたいそで》にはけてきた。

すごく汗《あせ》をかいているのが見《み》えたので、わたしはタオルをもって迎《むか》える。

「御影君《みかげくん》、すごく良《よ》かっ……きゃ⁉」

舞台袖《ぶたいそで》に入《はい》るなり、御影君《みかげくん》はわたしをぎゅっと抱《だ》きしめて、小声《こごえ》で言《い》った。

「俺《おれ》が好《す》きなのはリンだ！　リンだけだ！　ジュリエットなんかじゃないんだ……！」

ぶつぶつ言《い》いながら、ズーンと暗《くら》い顔《かお》をしている。

どうやらジュリエットに愛《あい》を告白《こくはく》する演技《えんぎ》をして、落《お》ちこんじゃったみたい。

「大丈夫《だいじょうぶ》だよ、演技《えんぎ》だってわかってるから」

「ジュリエットはリンだと思《おも》ってやってる！　でもよく考《かんが》えたらリンじゃないわけで、なんかすっげー混乱《こんらん》して……」

虎鉄君《こてつくん》がげしっと御影君《みかげくん》を蹴《け》る。

「いって！　エセ神父《しんぷ》、なにしやがる!?」

「ぶつぶつ言《い》いながら、どさくさにリンにくっついてんじゃねーよ。ロミオなんだから、ジュリエットにくっついてこいっ」

「くっそ、リン以外《いがい》に告白《こくはく》しなきゃならないなんて、精神的《せいしんてき》ダメージがでかすぎる！　ごほうびがデート1回《かい》じゃたりない、10回《かい》は必要《ひつよう》だ！」

静《しず》かにしろ、と零士君《れいじくん》に注意《ちゅうい》され、ふたりは口《くち》を閉《と》じる。

こんなこと言《い》ったら、怒《おこ》られちゃうかもしれないけど……演技《えんぎ》なのに落《お》ちこむ御影君《みかげくん》の姿《すがた》がかわいくて、きゅんとしてしまった。

演劇《えんげき》は順調《じゅんちょう》に進《すす》んで、いよいよクライマックスにさしかかった。

場所《ばしょ》は教会《きょうかい》、ジュリエットは親《おや》が決《き》めた婚約者《こんやくしゃ》と無理《むり》やり結婚《けっこん》させられそうになり、神《しん》父《ぷ》に相談《そうだん》する。

ロレンス神父《しんぷ》は、ロミオとジュリエットが結《むす》ばれるよう策《さく》を立《た》てる。

ジュリエットは神父《しんぷ》からもらった特殊《とくしゅ》な毒薬《どくやく》をかかげた。

「この毒薬《どくやく》を飲《の》めば、一時的《いちじてき》に仮死状態《かしじょうたい》になるわ。48時間後《じかんご》に目覚《めざ》めたとき……ロミオ、あなたと、永遠《えいえん》に――」

ジュリエットのしのぶちゃんが毒薬《どくやく》を飲《の》み、寝台《しんだい》に横《よこ》たわる。

つづいて、ロミオの御影君《みかげくん》が舞台《ぶたい》に立《た》った。

「ジュリエット、眠《ねむ》っているのかい？　ジュリエッ――」

御影君《みかげくん》がしのぶちゃんに近《ちか》づこうとした、そのときだった。

しのぶちゃんの体《からだ》が黒《くろ》いオーラに包《つつ》まれ、同時《どうじ》に、わたしの胸元《むなもと》が光《ひか》った。

(えっ!?)

スタージュエルが光《ひか》るのは警告《けいこく》だ。

ふわりと何《なに》かが舞台《ぶたい》の上《うえ》に浮《う》かんだ。

それは、舞台衣装《ぶたいいしょう》だった。

舞台裏《ぶたいうら》に置《お》いてあった他《ほか》のクラスの衣装《いしょう》が、ふわふわと空中《くうちゅう》を泳《およ》いでいる。

空中《くうちゅう》を舞《ま》う衣装《いしょう》が1枚《まい》、2枚《まい》3枚《まい》と増《ふ》えていき、10枚《まい》をゆうに超《こ》えた。

キー……。

なにかをひっかく音《おと》だと思《おも》ったけど、そうじゃない。

キー……キー……キキー……。

服《ふく》がゆれるたびに聞《き》こえるそれは、鳴《な》き声《ごえ》だとわかった。

服《ふく》が、ふわり、ゆらりと空中《くうちゅう》を躍《おど》りながら、黒《くろ》く染《そ》まっていく。

十数枚《じゅうすうまい》の黒《くろ》い服《ふく》にはそれぞれ、獣《けもの》のような鋭《するど》い目《め》や牙《きば》が見《み》えた。

こんな演出《えんしゅつ》は、台本《だいほん》にはない。

クラスのみんなは、お互《たが》いの顔《かお》を見《み》たり、首《くび》をかしげたり、なにが起《お》こっているのかわからずとまどっている。

でもわたしたちには、この現象《げんしょう》に心当《こころあ》たりがあった。

「零士君《れいじくん》、あれって、まさか……！」

零士君《れいじくん》はうなずき、緊迫《きんぱく》した声《こえ》で言《い》った。

「グールだ。大沢《おおさわ》しのぶの心《こころ》に悪意《あくい》を植《う》え、成長《せいちょう》させて生《う》みだされた」

キシャー！

グールが奇声《きせい》をあげ、御影君《みかげくん》に向《む》かっていく。

御影君《みかげくん》は舞台上《ぶたいじょう》で横《よこ》っとびし、その鋭《するど》い牙《きば》をかわした。

グールの攻撃《こうげき》をよけながら、しのぶちゃんが横《よこ》たわっている寝台《しんだい》を、虎鉄君《こてつくん》の方《ほう》へ蹴《け》る。

虎鉄君《こてつくん》がしのぶちゃんの体《からだ》を受《う》け止《と》め、無事《ぶじ》に舞台袖《ぶたいそで》へと避難《ひなん》させた。

つづいて、御影君《みかげくん》も舞台袖《ぶたいそで》に下《さ》がろうとする。

でも行《ゆ》く手《て》をさえぎるようにグールは縦横無尽《じゅうおうむじん》に飛《と》びまわり、御影君《みかげくん》は舞台《ぶたい》から降《お》りられなかった。

零士君《れいじくん》が低《ひく》い声《こえ》でつぶやく。

「今回《こんかい》のグール、御影《みかげ》に狙《ねら》いを定《さだ》めているようだ」

「どうして!?」

グールはいつも、わたしを狙《ねら》って襲《おそ》いかかってくるのに。

「おそらく、ターゲットはリンだが、まずはそれを護衛《ごえい》する悪魔《あくま》から、ということだろう。

あのグール、誰《だれ》かの指示《しじ》を受《う》けて動《うご》いているとみえる」

数匹《すうひき》のグールが御影君《みかげくん》をとり囲《かこ》み、次々《つぎつぎ》と襲《おそ》いかかる。

御影君《みかげくん》は懸命《けんめい》にかわすけど、かわしきれなかった鋭《するど》い牙《きば》の攻撃《こうげき》で、衣装《いしょう》の肩口《かたぐち》が破《やぶ》れた。

「御影君《みかげくん》！」

いつもの御影君《みかげくん》なら、グールくらい簡単《かんたん》に炎《ほのお》でやっつけられる。

でもいまは舞台《ぶたい》の上《うえ》で、百人以上《ひゃくにんいじょう》に見《み》られている。

大勢《おおぜい》の人間《にんげん》の前《まえ》で魔法《まほう》を使《つか》うわけにはいかない。

それは舞台袖《ぶたいそで》にいるわたしたちも同《おな》じで、舞台裏《ぶたいうら》で作業《さぎょう》しているクラスメートの目《め》があるから、魔法《まほう》を使《つか》えない。

観客席《かんきゃくせき》にいる人《ひと》たちも、何《なに》か様子《ようす》が変《へん》だと感《かん》じたのか、ざわざわしはじめた。

「何《なに》あれ？」

「どうなってんの？」

そんな声《こえ》があちこちからあがって、会場全体《かいじょうぜんたい》にひろがっていく。

観客《かんきゃく》のざわめきにまぎれて、虎鉄君《こてつくん》が叫《さけ》んだ。

「幕《まく》を下《お》ろせ！」

クライマックスシーンの途中《とちゅう》だけど、仕方《しかた》がない。

でも係《かかり》の人《ひと》が幕《まく》を下《お》ろそうとしたけどできなかった。

服《ふく》のグールの何枚《なんまい》かが幕《まく》にはりついて、下《お》ろせなくなっている。

(ただのグールじゃない)

わたしたちの考《かんが》えを読《よ》んで、その行動《こうどう》を封《ふう》じる動《うご》きをしている。

蘭《らん》ちゃんがはらはらしながら言《い》った。

「ねえ、どうすんの!?」

わたしはショルダーバッグをおろし、立《た》ち上《あ》がった。

「わたしが行《い》く!」

このままじゃ御影君《みかげくん》が危《あぶ》ない。

みんなに見《み》られるかもしれないとか、舞台上《ぶたいじょう》で魔法《まほう》を使《つか》ったらどうなってしまうのかとか、気《き》がかりは山《やま》ほどある。

でも、だからって、御影君《みかげくん》がグールに襲《おそ》われているのをただ見《み》ているだけなんてできないよ。

すぐに零士君《れいじくん》がうなずいて、そばにあった白《しろ》いベールをわたしの頭《あたま》にかけた。

「リン、これを」

それはジュリエットの花嫁衣装《はなよめいしょう》のベールだ。

丈《たけ》が長《なが》く、頭《あたま》からかぶれば、顔《かお》や全身《ぜんしん》を隠《かく》すことができる。

「ありがとう、行《い》ってきますっ」

わたしはベールを両手《りょうて》でにぎりしめ、舞台上《ぶたいじょう》へ駆《か》けだした。
2、3歩《ぽ》進《すす》んだところで、長《なが》いベールをふんづけて前《まえ》のめりになった。
「きゃ!?」

よろけて、倒《たお》れそうになり、痛《いた》みを覚悟《かくご》した。

でも感《かん》じたのは痛《いた》みではなく温《あたた》かさ。

御影君《みかげくん》がわたしを両腕《りょううで》で抱《だ》きとめてくれていた。

「……——リン」

わたしの耳元《みみもと》に、わたしだけに聞《き》こえる声《こえ》でそっとささやく。

そして、つづく言葉《ことば》は声《こえ》をはり上《あ》げて、体育館《たいいくかん》いっぱいに響《ひび》かせる。

「争《あらそ》いが絶《た》えないこの世界《せかい》に、なぜ俺《おれ》は生《う》まれたのか？　俺《おれ》は、君《きみ》と出会《であ》うために生《う》まれたんだ」

御影君《みかげくん》がわたしを抱《だ》き寄《よ》せ、わたしを見《み》つめながら言《い》う。

「君《きみ》は、俺《おれ》に愛《あい》することを教《おし》えてくれた」

半分《はんぶん》は、台本《だいほん》に書《か》かれていたロミオのセリフだけど、もう半分《はんぶん》は演技《えんぎ》じゃなく御影君《みかげくん》の心《こころ》。

わたしへの愛《あい》の告白《こくはく》だった。

わたしはゆでだこみたいに真《ま》っ赤《か》になって、くらっとした。

ドキン、ドキン、ドキンと、胸《むね》が痛《いた》くなるほど高鳴《たかな》る。

いまはときめいている場合《ばあい》じゃない。

でもこんなの、ときめいちゃダメって言《い》われても、ぜったい無理《むり》だよぉ～！

さらに御影君《みかげくん》はわたしの手《て》をにぎりしめて叫《さけ》んだ。

「俺《おれ》のこの思《おも》いは、誰《だれ》にも消《け》せない……炎《ほのお》となって燃《も》えあがる！」

ゴオオオ――ッ！

足元《あしもと》に魔法陣《まほうじん》が現《あらわ》れ、炎《ほのお》が勢《いきお》いよく噴《ふ》きだした。

大勢《おおぜい》の観客《かんきゃく》とクラスメートの目《め》の前《まえ》で、御影君《みかげくん》は悪魔《あくま》の黒衣《こくい》に、そしてわたしは赤《あか》いウエディングドレス姿《すがた》になっちゃった！

体育館《たいいくかん》がゆれるようなどよめきが起《お》こった。

「火《ひ》!?　あれ、本物《ほんもの》!?」

「ドレスの早変《はやが》わり、スゴイ！」

観客《かんきゃく》はとつぜん炎《ほのお》が現《あらわ》れたのも、衣装《いしょう》が変《か》わったのも、舞台《ぶたい》の演出《えんしゅつ》だと思《おも》っているようで、大《おお》きな歓声《かんせい》があがった。

そのとき神父《しんぷ》の虎鉄君《こてつくん》が舞台《ぶたい》に出《で》てきて、わたしの腕《うで》をつかみ、御影君《みかげくん》から奪《うば》いとる。

ふいをつかれて、御影君《みかげくん》は虎鉄君《こてつくん》に怒鳴《どな》った。

「おいこら、エセ神父《しんぷ》！　なにしやがる⁉」

神父姿《しんぷすがた》の虎鉄君《こてつくん》が、ロミオを見《み》ながら鼻《はな》で笑《わら》う。

「それがおまえの愛《あい》ってか？　はっ、笑《わら》わせる。言《い》うだけなら、誰《だれ》でも言《い》えるだろ」

そして空中《くうちゅう》を舞《ま》うグールを指《ゆび》さして、

「あれは、モンタギューとキャピュレット、長《なが》く憎《にく》み合《あ》ってきた両家《りょうけ》の怨念《おんねん》だ。それをないがしろにして結婚《けっこん》しようとする、おまえたちへの怒《いか》りだ」

虎鉄君《こてつくん》はアドリブで、いまのこの状況《じょうきょう》を物語《ものがたり》の流《なが》れにのせる。

そしてわたしの肩《かた》を抱《だ》いて言《い》った。

「ジュリエットは、俺《おれ》がもらう」

えええ～⁉

わたしだけじゃなく、スタッフからも観客《かんきゃく》からも驚《おどろ》きの声《こえ》があがる。

そんなセリフは台本《だいほん》にはない。

虎鉄君《こてつくん》はわたしの手《て》をにぎった。

ビュオオ……！　わたしたちの魔力《まりょく》が交流《こうりゅう》して、足元《あしもと》に金色《きんいろ》の魔法陣《まほうじん》が現《あらわ》れた。

虎鉄君《こてつくん》は風《かぜ》の魔法《まほう》でグールを数体《すうたい》切《き》り裂《さ》いて、挑発的《ちょうはつてき》にロミオに言《い》う。

「おまえより俺《おれ》の方《ほう》が、ジュリエットを幸《しあわ》せにできると思《おも》うけど？」

ロミオの御影君《みかげくん》が怒鳴《どな》る。

「俺《おれ》のジュリエットを返《かえ》しやがれ！」

「おまえたちの結婚《けっこん》は誰《だれ》も望《のぞ》まない、誰《だれ》も祝福《しゅくふく》しない、みーんな不幸《ふこう》になるだけだ」

「はっ、祝福《しゅくふく》なんかいらねーよ。俺《おれ》はジュリエットが幸《しあわ》せなら、それでいい」

「この話《はなし》は悲劇《ひげき》なんだよ。ジュリエットは死《し》に、おまえも死《し》んで、ジ・エンドだ」

「悲劇《ひげき》？　死《し》んで終《お》わり？　冗談《じょうだん》じゃねえ」

御影君《みかげくん》はわたしの手《て》をつかみ、虎鉄君《こてつくん》から奪《うば》い返《かえ》すと、力強《ちからづよ》く抱《だ》きしめて高《たか》らかに宣言《せんげん》した。

「そんな未来《みらい》は燃《も》やす！」

そうして噴《ふ》きだした炎《ほのお》ですべてのグールを焼《や》きはらった。

セリフも展開《てんかい》もめちゃくちゃで、台本《だいほん》とぜんぜんちがう。

でも勢《いきお》いとパワーがあって、なんか納得《なっとく》しちゃう。

御影君《みかげくん》がわたしのあごをくいっとあげて、顔《かお》を寄《よ》せてきた。

「災《わざわ》いは燃《も》やしつくした。さあ、結婚《けっこん》しよう」

え？

気持《きも》ちが盛《も》り上《あ》がってしまったのか、御影君《みかげくん》がキスしようとしてくる。

神父《しんぷ》がロミオの背中《せなか》にげしっと蹴《け》りを入《い》れた。

(きゃ〰〰〰！)

「がっ⁉　エセ神父《しんぷ》、なにしやがる⁉」

「ロミオ君《くん》、ジュリエットはあっちだ」

虎鉄君《こてつくん》が指《ゆび》さした先《さき》には、いつの間《ま》にか、しのぶちゃんが立《た》っていた。

しのぶちゃんは零士君《れいじくん》の合図《あいず》で舞台《ぶたい》へ踏《ふ》みだし、ジュリエットとして声《こえ》をはりあげる。

「ロミオ！　あなたの熱《あつ》い想《おも》い……炎《ほのお》のように燃《も》える愛《あい》、しかと受《う》けとりました」

観客《かんきゃく》の目《め》がジュリエットにそそがれている隙《すき》に、わたしは虎鉄君《こてつくん》につれられて舞台《ぶたい》からはけた。

小声《こごえ》でそっとロミオに「がんばって」と声《こえ》をかけて。

台本《だいほん》だと、このラストシーンでふたりは自害《じがい》して終《お》わる。

でもしのぶちゃんのジュリエットはナイフで自害《じがい》することなく、アドリブでロミオの御《み》影君《かげくん》に語《かた》りかけた。

「わたしもあなたと同《おな》じ想《おも》いです。たとえ死《し》がわたしたちを引《ひ》き裂《さ》こうとも、わたしの愛《あい》は永遠《えいえん》にあなたのもの。この命《いのち》あるかぎり、あなたと生《い》きていきます……！」

熱《あつ》い気持《きも》ちが伝《つた》わってくる、力強《ちからづよ》い演技《えんぎ》だった。

遠《とお》くない未来《みらい》、しのぶちゃんが女優《じょゆう》として輝《かがや》く姿《すがた》がすんなり想像《そうぞう》できる。

ロミオとジュリエットが手《て》をとりあって、

「ロミオ、ともに行《い》きましょう！」

「あぁ！」

わあ……っ！　体育館《たいいくかん》が歓声《かんせい》で大《おお》きくゆれた。

大勢《おおぜい》の観客《かんきゃく》が立《た》ち上《あ》がり、盛《さか》んに拍手《はくしゅ》する。

蘭《らん》ちゃんがうれしそうに言《い》った。

「最高《さいこう》のラストね！」

みんなで作《つく》り上《あ》げた舞台《ぶたい》は大成功《だいせいこう》。

かっこよすぎるロミオ、強《つよ》く美《うつく》しいジュリエット、グールが襲来《しゅうらい》したことで生《う》まれた迫《はく》力《りょく》あるバトル、そして原作《げんさく》とは異《こと》なるラストシーン。

わたしたち1年《ねん》1組《くみ》の演劇《えんげき》は、のちのちにまで語《かた》りつがれる伝説《でんせつ》の舞台《ぶたい》となった。

6

幕《まく》が下《お》りたと同時《どうじ》に、わたしたちは大急《おおいそ》ぎで撤収《てっしゅう》した。

次《つぎ》のクラスに舞台《ぶたい》をあけ渡《わた》さなければならないので、大道具《おおどうぐ》や小道具《こどうぐ》、衣装《いしょう》など、みんなでもって、体育館《たいいくかん》の裏《うら》へ運《はこ》ぶ。

「ふう、なんとか無事《ぶじ》に終《お》わったね」

ホッと胸《むね》をなでおろしたとき、隣《となり》にいたしのぶちゃんの目《め》から、突然《とつぜん》、ダ〜ッと涙《なみだ》があふれた。

「し、しのぶちゃん？」

しのぶちゃんはぼろぼろ涙《なみだ》を流《なが》し、泣《な》きじゃくりながら言《い》った。

「すごい歓声《かんせい》だったぁ……！　あんなの初《はじ》めてだよぅ……！」

わたしはハンカチで、しのぶちゃんのあふれる涙《なみだ》をぬぐった。

「しのぶちゃんのジュリエット、すごくステキだったよ」

「みんなのおかげだよぉ～。だって演劇《えんげき》はひとりじゃできないもん。ありがとぉ～～～、みんな、ホントにホントにありがとぉ～～～」

しのぶちゃんが誰《だれ》よりもがんばっていたのを、クラスのみんなが知《し》っている。

その分《ぶん》、感動《かんどう》もひとしおだね。

クラスのみんなもホッとしたからか、感動《かんどう》がこみあげてきたからか、泣《な》いたり、笑《わら》ったり、充実感《じゅうじつかん》いっぱいの表情《ひょうじょう》をしていた。

(みんな無事《ぶじ》でよかった)

ホッと息《いき》をついていると、背後《はいご》から「にゃあ」と猫《ねこ》の声《こえ》が聞《き》こえた。

ふりむくと、パープルアイの灰色《はいいろ》の猫《ねこ》がちょこんと座《すわ》っていた。

「あ、群雲《むらくも》さん」

御影君《みかげくん》たち3人《にん》がわたしのそばに立《た》ち、威嚇《いかく》するように猫《ねこ》を見下《みお》ろす。

「なんの用《よう》だ？」

御影君《みかげくん》の問《と》いに、猫《ねこ》がひげをそよがせながら答《こた》えた。

「綺羅様《きらさま》がお呼《よ》びだ」


わたしは御影君《みかげくん》たち3人《にん》と一緒《いっしょ》に、灰色《はいいろ》の猫《ねこ》についていった。

体育館《たいいくかん》から少《すこ》し離《はな》れた人目《ひとめ》につきにくい場所《ばしょ》で、綺羅《きら》さんが待《ま》っていた。

前置《まえお》きもなく、綺羅《きら》さんは話《はな》しはじめた。

「わたしは別《べつ》の場所《ばしょ》で来賓《らいひん》の応対《おうたい》をしていたから、1年《ねん》1組《くみ》の演劇《えんげき》は見《み》ていないわ。けれど見《み》ていた生徒会役員《せいとかいやくいん》の報告《ほうこく》によると、演劇内容《えんげきないよう》の申請書《しんせいしょ》にはない、説明《せつめい》のつかない不可《ふか》思議《しぎ》な超常現象《ちょうじょうげんしょう》が起《お》こったそうね。黒《くろ》い物体《ぶったい》が空中《くうちゅう》を舞《ま》い、炎《ほのお》や風《かぜ》がそれを消《け》し去《さ》った……観客《かんきゃく》は演出《えんしゅつ》だと思《おも》ってるようだけど、あれは――」

わたしはうなずいた。

「はい。グールです。ジュリエット役《やく》の大沢《おおさわ》しのぶさんの心《こころ》が利用《りよう》され、悪用《あくよう》されたみたいです」

「グールを生《う》みだした相手《あいて》に、心当《こころあ》たりは？」

御影君《みかげくん》と虎鉄君《こてつくん》が眉《まゆ》をひそめる。

「ちょっと待《ま》て、おまえの仕業《しわざ》だろ？」

「グールをけしかけて、リンと俺《おれ》たちを襲《おそ》ったんじゃねーのか？」

綺羅《きら》さんがふたりに言《い》い返《かえ》そうとしたとき、零士君《れいじくん》がさえぎって否定《ひてい》した。

「いや、それはちがう。この演劇祭《えんげきさい》は生徒会《せいとかい》が主催《しゅさい》、運営《うんえい》している。何《なに》か事故《じこ》でもあれば、生徒会長《せいとかいちょう》の責任問題《せきにんもんだい》になる。あの場《ば》でグールを出現《しゅつげん》させることは、神無月綺羅《かんなづききら》にとって、メリットよりもリスクの方《ほう》が大《おお》きい」

綺羅《きら》さんは、ちらっと零士君《れいじくん》を見《み》やって、

「話《はなし》が早《はや》くて助《たす》かるわ」

わたしはちゃんと確認《かくにん》したくて、綺羅《きら》さんに問《と》いかけた。

「あのグールを出現《しゅつげん》させたのは、綺羅《きら》さんじゃないんですね？」

「生徒会主催《せいとかいしゅさい》の行事《ぎょうじ》は忙《いそが》しいの。あなたを襲《おそ》うほど暇《ひま》じゃないわ」

襲《おそ》いかかってくるグールはすべて、黒魔女《くろまじょ》の綺羅《きら》さんのしわざだとずっと思《おも》ってきた。

でも自然発生《しぜんはっせい》するグールがいて、他《ほか》にもわたしを狙《ねら》う何者《なにもの》かがいるらしいことが、最近《さいきん》わかった。

今回《こんかい》は、その何者《なにもの》かの仕業《しわざ》なんだろうか？

綺羅《きら》さんがトゲトゲしく言《い》う。

「つくづく白魔女《しろまじょ》は厄病神《やくびょうがみ》ね。災《わざわ》いを招《まね》きよせてばかり、いい迷惑《めいわく》だわ」

「すみません……」

グールはわたしたちを狙《ねら》って現《あらわ》れた。

それで騒動《そうどう》が起《お》こってしまったのだから、厄病神《やくびょうがみ》と言《い》われても、返《かえ》す言葉《ことば》がない。

「会場《かいじょう》は満席《まんせき》だったそうね。そんな大勢《おおぜい》が密集《みっしゅう》した場所《ばしょ》で、よくひとりの被害者《ひがいしゃ》も出《だ》さずに、グールを片付《かたづ》けられたものね」

すみません、と言《い》おうとして、はたと気《き》づいた。

口調《くちょう》はきつかったけど、言《い》われている内容《ないよう》が、責《せ》められていないような……？

「あの、もしかして褒《ほ》めてくれてます……？」

綺羅《きら》さんはハッとし、釘《くぎ》を刺《さ》すようにわたしをキッとにらむ。

「褒《ほ》めてないわ。図《ず》に乗《の》らないで」

すみません、とあやまりながら、思《おも》わず顔《かお》がゆるんでしまった。

言葉《ことば》はつっけんどんだけど、少《すこ》し認《みと》めてもらえたような気《き》がして、ちょっとうれしい。

「グールを生《う》みだしたものはまだ学園内《がくえんない》にいるかもしれない。群雲《むらくも》、追跡《ついせき》するわよ」

「かしこまりました」

わたしたちに背《せ》をむけて、綺羅《きら》さんと猫《ねこ》の群雲《むらくも》さんは去《さ》っていった。

ふたりの姿《すがた》が見《み》えなくなると、零士君《れいじくん》が言《い》った。

「リン、僕《ぼく》も調査《ちょうさ》に行《い》ってくる。御影《みかげ》、虎鉄《こてつ》、リンの護衛《ごえい》を頼《たの》む」

「えっ、ちょっと待《ま》って。零士君《れいじくん》、ひとりで行《い》くの？　大丈夫《だいじょうぶ》？」

正体《しょうたい》がわからない敵《てき》がいるのに、ひとりで行動《こうどう》するのは危険《きけん》な気《き》がした。

「大丈夫《だいじょうぶ》だ。時間《じかん》をおけば、手《て》がかりがつかめなくなる可能性《かのうせい》が高《たか》い。いまならグールを発生《はっせい》させた黒魔法《くろまほう》の痕跡《こんせき》をたどることができるかもしれない」

「なら、みんなで行《い》った方《ほう》が……」

そこへ、カメラをもったかずみちゃんが走《はし》ってきた。

「あっ、いたいた！　影《かげ》っち、こてさん、リンリン、捜《さが》したよ～！　例《れい》の写真《しゃしん》、撮《と》らせてちょ！」

そういえば、衣装姿《いしょうすがた》の写真《しゃしん》を撮《と》る約束《やくそく》がまだだった。

「調査《ちょうさ》はひとりで十分《じゅうぶん》だ。リンたちは約束《やくそく》の撮影《さつえい》を」

零士君《れいじくん》がそう言《い》うのなら。

「気《き》をつけてね」

「ああ。君《きみ》も」

零士君《れいじくん》は去《さ》っていった。

御影君《みかげくん》はかずみちゃんに要求《ようきゅう》した。

「まずは、俺《おれ》とリンのツーショットからだ」

御影君《みかげくん》はわたしの肩《かた》を抱《だ》いてポーズをとった。

「んじゃ、次《つぎ》は俺《おれ》な」

虎鉄君《こてつくん》はわたしを背中《せなか》からぎゅっとしてポーズ。

それぞれツーショット写真《しゃしん》を撮《と》った。

気《き》がつくと、まわりには撮影《さつえい》を見物《けんぶつ》する女《おんな》の子《こ》たちの輪《わ》ができていて、

「笑顔《えがお》、お願《ねが》いします！」「炎《ほのお》だしたときのポーズやってください！」

「流《なが》し目希望《めきぼう》！」「物憂《ものう》げな表情《ひょうじょう》とかイイ！」「ジュリエットを見《み》つめてる感《かん》じで！」

「ふたりでにらみ合《あ》ってください！」「背中合《せなかあ》わせポーズも！」

ふたりにいろんなポーズをリクエストしはじめた。

御影君《みかげくん》も虎鉄君《こてつくん》も、「めんどくせー」と言《い》っていたけど、「ツーショット写真《しゃしん》、ほしいん

でしょ？」と、かずみちゃんに言《い》われ、しぶしぶリクエストに答《こた》えた。

撮影会《さつえいかい》は長引《ながび》きそうだな。

わたしはお邪魔《じゃま》にならないように、少《すこ》し後《うし》ろに下《さ》がっていると、ふいに背後《はいご》から声《こえ》をかけられた。

「天ケ瀬《あまがせ》さん」

「はい？」

ふりむくと、園芸部《えんげいぶ》の部長《ぶちょう》さんが立《た》っていた。

「来《き》て」

部長《ぶちょう》さんはわたしの手《て》をつかみ、足早《あしばや》に歩《ある》きだした。

「部長《ぶちょう》さん、どうしたんですか？」

「お願《ねが》い、来《き》て」

部長《ぶちょう》さんはぐいぐい腕《うで》を引《ひ》っぱって、足《あし》を速《はや》める。

（どうしたんだろう？　何《なに》かあったのかな？）

こんな部長《ぶちょう》さんを見《み》るのは初《はじ》めてで、大《おお》きな胸騒《むなさわ》ぎがして、わたしは部長《ぶちょう》さんと一緒《いっしょ》に走《はし》りだした。

7

バラ園《えん》に到着《とうちゃく》すると、部長《ぶちょう》さんは入《い》り口《ぐち》のアーチをくぐり、ひとりで奥《おく》へ走《はし》っていってしまった。

「部長《ぶちょう》さん！」

わたしは部長《ぶちょう》さんの後《あと》を追《お》って、バラ園《えん》へ駆《か》けこむ。

「部長《ぶちょう》さん、待《ま》ってください！」

でも追《お》いつけずに、見失《みうしな》ってしまった。

ショルダーバッグに入《はい》っている蘭《らん》ちゃんがこそっと問《と》いかけてきた。

「ねえ、なんか様子《ようす》が変《へん》じゃなかった？」

「うん……」

部長《ぶちょう》さんは、わたしを置《お》いて、何《なに》も言《い》わずに行《い》ってしまうような人《ひと》じゃない。

でも、だから心配《しんぱい》だった。

バラ園《えん》の奥《おく》へ、奥《おく》へと歩《ある》きながら捜《さが》していくと、バラの茂《しげ》みのむこうに誰《だれ》かがいるのが見《み》えた。

わたしは茂《しげ》みを回《まわ》りこみ、バラ園《えん》でたたずむその人《ひと》にむかって言《い》った。

「部長《ぶちょう》さん！」

ふりむいたその人《ひと》を見《み》て、わたしはハッとした。

それは部長《ぶちょう》さんではなかった。

やわらかにウェーブした髪《かみ》は金色《きんいろ》のブロンド、瞳《ひとみ》は薄《うす》いブルー、肌《はだ》は雪《ゆき》のように白《しろ》い。

バラのカチューシャをつけ、ピンクのドレスを着《き》て、そんな華《はな》やかな装《よそお》いが、とてもよく似合《にあ》っている。

まるでフランス人形《にんぎょう》のような女性《じょせい》だった。

その人《ひと》がわたしを見《み》て、にこっと微笑《ほほえ》んだ。

ドキン！　胸《むね》が大《おお》きく跳《は》ねる。

(うわぁ……きれいな人《ひと》！)

ドキドキしていると、女性《じょせい》がわたしを見《み》て言《い》った。

「ボンジュール」

「えっ？　あ、こ、こんにちは！」

ボンジュールって、たしかフランス語《ご》で、こんにちはって意味《いみ》だよね。

その人《ひと》は、わたしを頭《あたま》のてっぺんから足《あし》の先《さき》までゆっくり、じっくりと見《み》て、

「お会《あ》いできてうれしいわ。——天ヶ瀬《あまがせ》リンさん」

ドキッ！　驚《おどろ》いて、胸《むね》が跳《は》ねた。

（どうしてわたしの名前《なまえ》を……？）

こんなきれいな人《ひと》、一度《いちど》会《あ》ったら忘《わす》れるはずがないから、まちがいなく初対面《しょたいめん》だ。

女性《じょせい》はにっこり微笑《ほほえ》みながら言《い》った。

「ステキなバラ園《えん》ね」

「え？　あ、はい。ここは、園芸部《えんげいぶ》のバラ園《えん》で、部員《ぶいん》の人《ひと》たちが大切《たいせつ》にバラを育《そだ》てて……」

女性《じょせい》はそばにあった赤《あか》いバラに手《て》をのばし、突然《とつぜん》、それを茎《くき》から折《お》った。

「えっ？」

女性《じょせい》はバラの花《はな》をつぶし、両手《りょうて》で花《はな》びらをバッとまき散《ち》らして、

「いい香《かお》り……バラの香《かお》りを楽《たの》しむには、こうするのが一番《いちばん》」

うっとりとした表情《ひょうじょう》で香《かお》りを楽《たの》しむ。

ここに咲《さ》いているバラはすべて、部長《ぶちょう》さんや園芸部《えんげいぶ》の人《ひと》たちが、丹精《たんせい》こめて育《そだ》てたもの。

それを、自分《じぶん》が楽《たの》しむためだけに引《ひ》きちぎるのは、よくないことだと思《おも》う。

「あの……それは、園芸部《えんげいぶ》の人《ひと》たちが育《そだ》てたバラです」

「ええ、聞《き》いたわ」

「勝手《かって》にとってはいけないと思《おも》います」

「またすぐに咲《さ》くわ」

女性《じょせい》があまりに無邪気《むじゃき》に笑《わら》うので、一瞬《いっしゅん》、言葉《ことば》を失《うしな》ってしまった。

外国《がいこく》の人《ひと》みたいだし、日本《にほん》と習慣《しゅうかん》がちがうのかな？

でも……それにしても。

何《なに》か納得《なっとく》がいかなくてもやもやしていると、女性《じょせい》は高《たか》い位置《いち》に咲《さ》いているバラにむかってスッと手《て》をのばした。

「あら、あのバラもきれいね」

次《つぎ》の瞬間《しゅんかん》、そのバラが女性《じょせい》の手《て》の中《なか》にあった。

「えっ!?」

驚《おどろ》きが声《こえ》に出《で》てしまう。

（この人《ひと》……いま、どうやってバラをとったの？）

バラがあったところは、手《て》をのばしても届《とど》く距離《きょり》じゃない。

混乱《こんらん》していると、蘭《らん》ちゃんが小声《こごえ》で言《い》った。

「リン、3悪魔《あくま》を呼《よ》んだ方《ほう》がいいんじゃない？」

言《い》われて、ハッとした。

そばに御影君《みかげくん》たちがいない。

「あの人《ひと》、変《へん》だわ。ふつうじゃない」

女性《じょせい》が微笑《ほほえ》みながら、わたしを誘《さそ》ってきた。

「ねえ、こっちにいらっしゃいよ。いい香《かお》りよ、一緒《いっしょ》に楽《たの》しみましょ」

ドクン、と胸《むね》が鳴《な》った。

緊張《きんちょう》して、金縛《かなしば》りにあったみたいに体《からだ》が動《うご》かない。

そのときだった。

「……リン？」

聞《き》こえた声《こえ》にほっと安堵《あんど》した。

「零士君《れいじくん》！」

バラの間《あいだ》にある道《みち》から出《で》てきた零士君《れいじくん》は、わたしに駆《か》け寄《よ》ってきた。

「リン、どうしてここに？」

「園芸部《えんげいぶ》の部長《ぶちょう》さんに、連《つ》れてこられて……零士君《れいじくん》は？」

「グールを発生《はっせい》させた黒魔法《くろまほう》の痕跡《こんせき》をたどってきたら、ここに」

わたしたちの会話《かいわ》に、うれしそうな声《こえ》が割《わ》りこんできた。

「あなたなら、たどってくると思《おも》ったわ」

彼女《かのじょ》の姿《すがた》を目《め》にした瞬間《しゅんかん》、零士君《れいじくん》の顔《かお》がさっと青《あお》ざめた。

「うふふふ、久《ひさ》しぶりね、零士《れいじ》。会《あ》いたかったわ」

零士君《れいじくん》が息《いき》をのみ、震《ふる》える声《こえ》で言《い》った。

「……ジュリエット……！」

「え？」

わたしが首《くび》をかしげると、ああ、と思《おも》い出《だ》したように女性《じょせい》が言《い》った。

「リンちゃん、自己紹介《じこしょうかい》がまだだったわね。わたしはジュリエット。零士《れいじ》の妻《つま》よ」

ローズピンクのドレスに、バラ色《いろ》の唇《くちびる》。

咲《さ》きほこるバラのように、華《はな》やかで美《うつく》しい――。

（この人《ひと》が、バラの魔女《まじょ》！）

結婚《けっこん》した零士君《れいじくん》を縛《しば》り、傷《きず》つけて、バラが苦手《にがて》になるほど苦《くる》しめた人《ひと》。

零士君《れいじくん》は動揺《どうよう》をあらわに問《と》いかけた。

「どうして……どうやって、ここに⁉」

ジュリエットさんはにこやかに、楽《たの》しそうにしゃべる。

「あなたを見《み》つけるの、とっても大変《たいへん》だったのよ？　だってあなたったら、居場所《いばしょ》を悟《さと》られないよう、自分《じぶん》の魔力《まりょく》の痕跡《こんせき》を完璧《かんぺき》に消《け》しているんですもの。でも、わたしのあなたへの愛《あい》は、そんなことではくじけないわ」

うれしそうにはぐらかしながら、ジュリエットさんは零士君《れいじくん》に言《い》った。

「零士《れいじ》、もう一度《いちど》、結婚《けっこん》しましょ」

8

プロポーズは、永遠《えいえん》の愛《あい》の告白《こくはく》。

人生《じんせい》で一番《いちばん》、最高《さいこう》にときめくワンシーン。

なのに……そのプロポーズから感《かん》じたのはときめきではなかった。

空気《くうき》がこわばって緊張《きんちょう》が漂《ただよ》う。

「わたし、ずぅっとあなたを待《ま》っていたのよ？　一緒《いっしょ》にすごしたあのローズガーデンで。なのに、あなたったら、ちっとも帰《かえ》ってこないんだもの。心配《しんぱい》したわ」

零士君《れいじくん》は真《ま》っ青《さお》な顔《かお》をしていた。

凍《こお》りついたように立《た》ちつくしながらも、わたしを背《せ》にかばって守《まも》ろうとしてくれている。

わたしは零士君《れいじくん》の背後《はいご》から顔《かお》を出《だ》し、ジュリエットさんに声《こえ》をかけた。

「あ、あの！」

「なぁに？」

「離婚《りこん》……したって、聞《き》きましたけど」

ジュリエットさんはきょとんとし、そしておかしそうに笑《わら》った。

「うふふ……なぁにそれ？　悪《わる》い冗談《じょうだん》ね。わたしたちは、突然現《とつぜんあらわ》れた白魔女《しろまじょ》にむりやり契約《けいやく》を断《た》ち切《き》られてしまっただけ。ひどい話《はなし》よね……愛《あい》し合《あ》うわたしたちを他人《たにん》が引《ひ》き離《はな》そうとするなんて、まるで『ロミオとジュリエット』」

そのとき、いばらが勢《いきお》いよく動《うご》きだした。

あっ、と声《こえ》をあげたわずかな間《あいだ》に、わたしたちの背後《はいご》の道《みち》をふさいでしまった。

「わたしたちのラブストーリーはまだ終《お》わってないわ。零士《れいじ》、ふたりでもう一度《いちど》はじめましょ」

ジュリエットさんが微笑《ほほえ》みながら、一歩踏《いっぽふ》みだす。

蘭《らん》ちゃんが叫《さけ》んだ。

「リン、黒《くろ》ニャンコと虎《とら》ニャンコを呼《よ》ぶのよ！」

わたしはうなずき、スタージュエルをにぎって声《こえ》をはりあげた。

「御影君《みかげくん》！　虎鉄君《こてつくん》！　――来《き》て!!」

瞬間《しゅんかん》、わたしのまわりに炎《ほのお》と風《かぜ》がおこった。

いばらの囲《かこ》いの一部《いちぶ》がこじあけられて、御影君《みかげくん》と虎鉄君《こてつくん》が現《あらわ》れた。

「リン、大丈夫《だいじょうぶ》か!?」

「うん」

御影君《みかげくん》の顔《かお》を見《み》てホッとしながら、わたしはうなずいた。

蘭《らん》ちゃんもホッとしながら、虎鉄君《こてつくん》に文句《もんく》を言《い》う。

「んもう、もっと早《はや》く来《き》なさいよね！」

「来《こ》ようとしたけど、ここに入《はい》れなかったんだよ。バラ園全体《えんぜんたい》に結界《けっかい》が……なんだ？　あの女《おんな》は」

「あの人《ひと》、白《しろ》ニャンコの元奥《もとおく》さんよ！　名前《なまえ》がジュリエットだって！」

蘭《らん》ちゃんの言葉《ことば》で、状況《じょうきょう》を理解《りかい》したようだった。

御影君《みかげくん》と虎鉄君《こてつくん》は鋭《するど》い目《め》でジュリエットさんを見《み》すえて、

「なるほど、そういうことか」

「ふぅん……おまえが悪名高《あくめいだか》いバラの魔女《まじょ》か。悪魔《あくま》をしいたげた悪逆非道《あくぎゃくひどう》の悪女《あくじょ》」

鋭《するど》い視線《しせん》を気《き》にする様子《ようす》もなく、ジュリエットさんは笑顔《えがお》を崩《くず》さない。

「あら、わたしが来《き》たことは、あなたたちにはいい話《はなし》だと思《おも》うけど？」

御影君《みかげくん》が眉《まゆ》をひそめる。

「どういうことだ？」

「零士《れいじ》はね、わたしと再婚《さいこん》するのよ。だからリンちゃんとの婚約《こんやく》は解消《かいしょう》。あなたたちのどちらかが、リンちゃんと結婚《けっこん》なさいな」

わたしは息《いき》をのんだ。

「え……婚約《こんやく》のこと、どうして知《し》ってるんですか？」

そんなこと一言《ひとこと》も話《はな》してないのに。

ジュリエットさんは笑顔《えがお》でかわいく首《くび》をかしげる。

「零士《れいじ》のことはなんでも知《し》ってるわ。天ヶ瀬《あまがせ》カルラに頼《たの》まれて、恩返《おんがえ》しのつもりでリンちゃんの護衛《ごえい》をしていること。婚約《こんやく》の契約《けいやく》を結《むす》んだこと。そして悪魔《あくま》3人《にん》で力《ちから》を合《あ》わせてリンちゃんを守《まも》りながら、結婚《けっこん》レースをして、争《あらそ》っていることもね」

背筋《せすじ》がぞくっとした。

どれも、わたしと御影君《みかげくん》たちしか知《し》らないことだ。

誰《だれ》かから聞《き》いたのかな。

でも、いったい誰《だれ》から——？

「いいのよ、零士《れいじ》。誰《だれ》だって気持《きも》ちがゆれることはあるわ。わたし以外《いがい》の魔女《まじょ》に目移《めうつ》りしたことも、許《ゆる》してあげる。過去《かこ》のことは水《みず》に流《なが》して、もう一度《いちど》はじめましょ。わたしたちのラブストーリーを」

ジュリエットさんがふわりと一歩《いっぽ》近《ちか》づいてきて、

「ねえ、いいでしょう？」

零士君《れいじくん》はわたしを背《せ》にかばいながら、じりっとあとずさる。

虎鉄君《こてつくん》が黙《だま》ってられないというように言葉《ことば》をはさんだ。

「すっげー自己《じこ》チューな女《おんな》だな。おい零士《れいじ》、なに黙《だま》ってんだ？　ずばっと言《い》ってやれよ。

てめーなんぞと、二度《にど》と結婚《けっこん》する気《き》はねえってな」

「虎鉄《こてつ》！」

零士君《れいじくん》が青《あお》ざめた顔《かお》でたしなめる。

「彼女《かのじょ》を怒《おこ》らせるな……！」

「うふふふ、さすが零士《れいじ》ね。わたしのこと、とってもよくわかってる。やっぱりあなたがいいわ。いいえ、あなたしかいない」

「……もし、再婚《さいこん》を断《ことわ》ったら？」

ん～～～～と考《かんが》えて、ジュリエットさんは笑顔《えがお》で言《い》った。

「リンちゃん、殺《ころ》しちゃおうかしら？」

御影君《みかげくん》と虎鉄君《こてつくん》がわたしの左右《さゆう》に立《た》ち、手《て》をとって叫《さけ》んだ。

「炎《ほのお》よ！」

「風《かぜ》よ！」

真紅《しんく》と黄金《おうごん》の魔法陣《まほうじん》が足元《あしもと》に現《あらわ》れて、炎《ほのお》が燃《も》え、風《かぜ》が巻《ま》きあがる中《なか》で、ふたりは黒衣《こくい》の悪魔《あくま》の姿《すがた》になった。

赤《あか》と金《きん》の瞳《ひとみ》は強《つよ》い怒《いか》りでつりあがっている。

「俺《おれ》たちの前《まえ》で、やれるもんならやってみろよ」

「女《おんな》だからって容赦《ようしゃ》しねえぞ」

ふたりの悪魔《あくま》ににらまれても、ジュリエットさんは平然《へいぜん》と微笑《ほほえ》んで、

「あら、怖《こわ》い。お手《て》やわらかにね……バラよ！」

ジュリエットさんの手《て》に、一輪《いちりん》のバラが現《あらわ》れた。

ローズピンクの花《はな》びらが幾重《いくえ》にも重《かさ》なった美《うつく》しいバラ。

そのバラに口《くち》づけて、ジュリエットさんはささやくように呪文《じゅもん》を唱《とな》えた。

「ルクセンルージュ」

地中《ちちゅう》からいばらがとびだしてきて、ふたつの魔法陣《まほうじん》にからみついた。

いばらは炎《ほのお》や風《かぜ》をものともせず、魔法陣《まほうじん》をぎりぎりとしめつけ、その形《かたち》をゆがめる。

パキーン……！

魔法陣《まほうじん》が砕《くだ》け、御影君《みかげくん》と虎鉄君《こてつくん》がまとっていた黒衣《こくい》が消《き》えて、人《ひと》の姿《すがた》に戻《もど》ってしまった。

「な……!?」

わたしたちが驚《おどろ》いている間《あいだ》に、いばらはなおも動《うご》きまわり、御影君《みかげくん》と虎鉄君《こてつくん》の腕《うで》や足《あし》、全身《ぜんしん》に巻《ま》きつく。

そして巻《ま》きついたまま、今度《こんど》は地面《じめん》に引《ひ》っこみはじめた。

「ぐっ⁉」

「がぁっ⁉」

ふたりは地面《じめん》に引《ひ》き倒《たお》され、まるで昆虫標本《こんちゅうひょうほん》みたいに地面《じめん》にぬいとめられてしまった。

「御影君《みかげくん》！　虎鉄君《こてつくん》！」

ふたりを見下《みお》ろしながら、ジュリエットさんはくすくすと笑《わら》う。

「ねえ、あなたたち、ここがどこだと思《おも》って？　……そう、バラ園《えん》。わたしはだぁれ？

……ええ、バラの魔女《まじょ》。そしていまはバラが美《うつく》しく咲《さ》く季節《きせつ》。わたしが一番《いちばん》魔力《まりょく》を発揮《はっき》できるいまここで、あなたたちに勝《か》ち目《め》があると思《おも》って？」

御影君《みかげくん》と虎鉄君《こてつくん》は力《ちから》をふりしぼり、体《からだ》を起《お》こそうとする。

でもいばらに拘束《こうそく》されて、地面《じめん》から起《お》きあがることができない。

ジュリエットさんは、もがく御影君《みかげくん》たちを冷《ひ》ややかに見下《みお》ろして、

「いやだわ、なんて見苦《みぐる》しい。往生際《おうじょうぎわ》の悪《わる》い悪魔《あくま》は嫌《きら》いよ。でも――」

優《やさ》しげなまなざしを零士君《れいじくん》にむける。

「零士《れいじ》、あなたはちがうわよね？　勝《か》てない相手《あいて》に挑《いど》むような、おろかな真似《まね》はしない。

聡明《そうめい》なあなたはよくわかってる、ここであなたたちが束《たば》になってかかってきても、わたしにはかなわないって」

そのとき、スタージュエルがぼうっと光《ひか》った。

ハッとしてあたりを見《み》ると、園芸部《えんげいぶ》が育《そだ》てているバラがしおれ、草木《くさき》が枯《か》れて、根元《ねもと》や地面《じめん》が黒《くろ》ずんでいる。

「なに……？」

まわりの植物《しょくぶつ》が枯《か》れていくのとは対照的《たいしょうてき》に、ジュリエットさんの手《て》にあるバラはみずみずしく、魔力《まりょく》の光《ひかり》があふれて、美《うつく》しく耀《かがや》く。

零士君《れいじくん》が顔《かお》をこわばらせて、

「ジュリエット……まさか！」

微笑《ほほえ》みながらジュリエットさんは答《こた》えた。

「生《い》きとし生《い》けるものたちの命《いのち》を吸《す》いあげて、わたしの魔力《まりょく》を高《たか》めているの」

魔界《まかい》の悪魔《あくま》と魔女《まじょ》がこの世界《せかい》で魔力《まりょく》を発揮《はっき》するには、ひとりではむずかしい。

占《うらな》いなどの軽《かる》い魔法《まほう》なら、セレナさんのようにもともともっている魔力《まりょく》でできるけど、攻撃《こうげき》などの強力《きょうりょく》な魔法《まほう》を使《つか》うには、パートナーが必要不可欠《ひつようふかけつ》だ。

「だって、しょうがないでしょう？　わたしひとりじゃ、強《つよ》い魔力《まりょく》を使《つか》えないんだもの」

「なんということを……！」

そう言《い》って、零士君《れいじくん》は絶句《ぜっく》した。

ジュリエットさんは、ローズピンクのバラをうっとりと見《み》つめながら、ささやく。

「零士《れいじ》、見《み》て、このバラを……きれいでしょう？　色《いろ》も形《かたち》もステキでしょう？　わたしの魔法《まほう》で咲《さ》かせたこのバラの名前《なまえ》は、『エターナル・ローズ』……永遠《えいえん》のバラよ。他《ほか》の命《いのち》を糧《かて》にして、枯《か》れることなく美《うつく》しく咲《さ》きつづけるわ」

学園七不思議《がくえんななふしぎ》『枯《か》れないバラ』。

それはとても美《うつく》しく、恐《おそ》ろしいバラだった。

零士君《れいじくん》は必死《ひっし》に声《こえ》をはりあげる。

「小《ちい》さな命《いのち》でも、無下《むげ》にあつかえば恨《うら》みを買《か》う！　ふりつもった恨《うら》みはいずれ大《おお》きな災《わざわ》いとなり、自分《じぶん》にはね返《かえ》ってくるぞ！」

ジュリエットさんはくすりと笑《わら》う。

「災《わざわ》い？　そんなもの、わたしの魔法《まほう》ではらいのけるわ」

「もうやめるんだ、ジュリエット！」

「あなたが結婚《けっこん》してくれたらやめるわ。だって、あなたと魔力《まりょく》を交流《こうりゅう》させた方《ほう》が、強《つよ》い魔《ま》力《りょく》を発揮《はっき》できるんだもの」

いばらに拘束《こうそく》された虎鉄君《こてつくん》が不快《ふかい》に顔《かお》をしかめる。

「だから、零士《れいじ》が必要《ひつよう》ってわけか。なにが愛《あい》してるだ。てめーが魔法使《まほうつか》うために、零士《れいじ》を利用《りよう》したいだけじゃねーか！」

「結婚《けっこん》は愛情《あいじょう》が第一《だいいち》よ。でも、それと同《おな》じくらい条件《じょうけん》も大事《だいじ》でしょう？　わたしたちは誰《だれ》よりも、お互《たが》いを高《たか》め合《あ》えるわ。そうよね？　零士《れいじ》」

零士君《れいじくん》は青《あお》ざめたまま立《た》ちつくして、すごく苦《くる》しそうな顔《かお》をしている。

わたしはとっさに零士君《れいじくん》の前《まえ》に立《た》ち、ジュリエットさんとむき合《あ》った。

「あら？　リンちゃん、どうしたの？　なにしてるの？　まさか――わたしと零士《れいじ》の仲《なか》を邪魔《じゃま》するつもりじゃないでしょうね？」

フランス人形《にんぎょう》のようにきれいな顔《かお》に浮《う》かんでいるのは微笑《ほほえ》み。

でもその目《め》は笑《わら》っていなかった。

目《め》の奥《おく》に鋭《するど》いバラのトゲのような敵意《てきい》が見《み》えて、ぞっとした。

（この人《ひと》……怖《こわ》い）

でも、逃《に》げるわけにはいかない。

(零士君《れいじくん》を、この人《ひと》と行《い》かせちゃダメだ！)

わたしはスタージュエルをにぎった。

相手《あいて》は黒魔女《くろまじょ》。

魔法《まほう》を使《つか》って対抗《たいこう》するほかない。

(白《しろ》のウエディングドレスをまとって、スタージュエルの杖《つえ》を使《つか》えば！)

そう思《おも》ったんだけど——スタージュエルはまったく反応《はんのう》しなかった。

「うふふ、どうしたの？　そちらが来《こ》ないなら、こちらから行《い》くわよ。ルクセンルージュ！」

ジュリエットさんが放《はな》ったいばらが、まっすぐむかってくる。

でも足《あし》がすくんで逃《に》げることすらできない。

すると零士君《れいじくん》がわたしの前《まえ》に立《た》って、腕《うで》にいばらを巻《ま》きつかせた。

「⁉　零士君《れいじくん》……っ！」

零士君《れいじくん》は腕《うで》に血《ち》をにじませながら、ジュリエットさんに言《い》った。

「結婚《けっこん》は断《ことわ》る。僕《ぼく》はもう二度《にど》と、誰《だれ》とも結婚《けっこん》しない。君《きみ》とも……リンともだ」

わたしはハッとして、零士君《れいじくん》を見《み》た。

でも見《み》えるのは背中《せなか》だけで、表情《ひょうじょう》はうかがえない。

「君《きみ》が欲《ほっ》しているのは、己《おのれ》の魔力《まりょく》を最大限《さいだいげん》に高《たか》めるための使《つか》い魔《ま》だろう。結婚《けっこん》しなくても、僕《ぼく》を服従《ふくじゅう》させれば目的《もくてき》はとげられるはずだ。使《つか》い魔《ま》として、君《きみ》に従《したが》おう」

ジュリエットさんはうれしそうに微笑《ほほえ》み、まるでペットに呼《よ》びかけるように言《い》った。

「おいで、零士《れいじ》」

零士君《れいじくん》がジュリエットさんの方《ほう》へ歩《ある》きはじめた。

「零士君《れいじくん》！　零士君《れいじくん》!!」

わたしはありったけの声《こえ》をはりあげた。

でも零士君《れいじくん》はこっちを見《み》ることもなく、わたしから遠《とお》ざかっていく。

そしてジュリエットさんの前《まえ》にひざまずいて、

「ジュリエット……君《きみ》に服従《ふくじゅう》を誓《ちか》う」

うやうやしく手《て》をとり、その手《て》の甲《こう》にキスをした。

パキッ。

小《ちい》さな音《おと》をたてて、零士君《れいじくん》の左手《ひだりて》の薬指《くすりゆび》にあった指輪《ゆびわ》が砕《くだ》けた。

それはわたしと婚約《こんやく》の契約《けいやく》をかわしたときに現《あらわ》れた、婚約《こんやく》の証《あかし》。

ジュリエットさんと零士君《れいじくん》の足元《あしもと》に青《あお》い魔法陣《まほうじん》が現《あらわ》れ、バラの花《はな》びらと氷《こおり》の結晶《けっしょう》がからみ合《あ》うように空中《くうちゅう》を舞《ま》い、その中《なか》でふたりの魔力《まりょく》がぐんぐん高《たか》まっていく。

いばらのトゲが零士君《れいじくん》の制服《せいふく》を破《やぶ》いて、その首元《くびもと》に黒魔法《くろまほう》の跡《あと》が見《み》えた。

首輪《くびわ》のようにからみついているいばらの模様《もよう》は、むかし、ジュリエットさんがかけた呪《のろ》い――バラの刻印《こくいん》だ。

ジュリエットさんは零士君《れいじくん》の首《くび》にふれて、魔法《まほう》の呪文《じゅもん》を唱《とな》えた。

「デルフィガロ」

いばらが零士君《れいじくん》の首《くび》に巻《ま》きついて、その肌《はだ》にはりつき刻《きざ》まれる。

お母《かあ》さんが断《た》ち切《き》った黒魔法《くろまほう》が、再《ふたた》び零士君《れいじくん》にかけられてしまった。

魔法陣《まほうじん》の色《いろ》が青《あお》からローズピンクに変化《へんか》し、ジュリエットさんの魔力《まりょく》が嵐《あらし》のようにうねりをあげる。

大量《たいりょう》のバラの花《はな》びらが宙《ちゅう》を舞《ま》い、視界《しかい》がさえぎられて、零士君《れいじくん》の姿《すがた》がよく見《み》えなくなってくる。

「零士君《れいじくん》！」

わたしは踏《ふ》みだし、バラの嵐《あらし》の中《なか》にむかおうとした。

「リン！　ダメだ！」

とびだしてきた御影君《みかげくん》が、わたしを抱《だ》きしめ、引《ひ》きとめる。

その姿《すがた》を見《み》て、ハッとした。

いばらを無理《むり》やり引《ひ》きちぎってきたせいで黒衣《こくい》はあちこちが破《やぶ》れ、トゲで傷《きず》ついた手《て》や頬《ほお》には血《ち》がにじんでいる。

同《おな》じように傷《きず》ついた虎鉄君《こてつくん》がわたしたちの盾《たて》となって、

「リン、御影《みかげ》、下《さ》がるぞ！」

わたしは御影君《みかげくん》と虎鉄君《こてつくん》に守《まも》られながら、遠《とお》ざかっていく零士君《れいじくん》に呼《よ》びかけた。

「零士《れいじ》く――ん！」

零士君《れいじくん》はジュリエットさんと共《とも》に、バラの吹雪《ふぶき》の中《なか》に消《き》えた。

第《だい》2話《わ》

秘《ひ》密《みつ》の花《はな》園《ぞの》

1

晴《は》れた空《そら》の下《した》、御影君《みかげくん》がボートをこぎながら言《い》った。

「デート日和《びより》だな」

「そうだね」

演劇祭《えんげきさい》が土日《どにち》だったので、今日《きょう》は月曜日《げつようび》だけど、振《ふ》り替《か》え休日《きゅうじつ》で学校《がっこう》はお休《やす》みだ。

大《おお》きな池《いけ》のある公園《こうえん》で、わたしは御影君《みかげくん》と手《て》こぎボートに乗《の》っている。

御影君《みかげくん》が演劇祭《えんげきさい》でロミオ役《やく》をやったごほうびデートで、さっそく近《ちか》くの公園《こうえん》へふたりでやってきた。

「リン、次《つぎ》はどこへ行《い》きたい？　リンが行《い》きたいところへ行《い》って、リンがやりたいことやろう」

「そうだねぇ……」

考《かん》えても、なぜかなにも思《おも》い浮《う》かばない。

ボートを降《お》りて、お散歩《さんぽ》した。

落《お》ちている松《まつ》ぼっくりやどんぐりが目《め》につく。

今日《きょう》はなんだかうつむいてしまう。

「あれ、食《た》べるか？」

御影君《みかげくん》が指《ゆび》さした方《ほう》に、たこ焼《や》きの販売車《はんばいしゃ》が停《と》まっているのが見《み》えた。

「うん」

「買《か》ってくる。そこで待《ま》ってて」

わたしは公園《こうえん》にある屋外《おくがい》ステージの観覧席《かんらんせき》に座《すわ》った。

誰《だれ》もいないステージに、色《いろ》づいた落《お》ち葉《ば》がひらりかさりと落《お》ちるのをぼんやりと見《み》つめる。

（演劇《えんげき》、楽《たの》しかったなぁ）

演劇祭《えんげきさい》で、わたしたちのクラスは観客賞《かんきゃくしょう》をもらった。

グールが現《あらわ》れて、学園《がくえん》に申請《しんせい》していた内容《ないよう》とはちがうことをしたので減点《げんてん》となってしまったけど、観客《かんきゃく》からの投票《とうひょう》が一番多《いちばんおお》かった。

(零士君《れいじくん》にも、知《し》らせたいなぁ)

クラス全体《ぜんたい》のとりまとめをすごくがんばっていたから、きっと受賞《じゅしょう》を喜《よろこ》ぶと思《おも》う。

でも……知《し》らせる手段《しゅだん》がない。

うつむいていると、陽気《ようき》な歌声《うたごえ》が聞《き》こえてきた。

「まさかりかついで金太郎《きんたろう》〜♪」

顔《かお》を上《あ》げると、ステージを虎猫《とらねこ》がてくてくと歩《ある》いていて、その背中《せなか》には人形《にんぎょう》の蘭《らん》ちゃんが乗《の》っていた。

「ぷっ!」

思《おも》わず吹《ふ》きだしてしまった。

虎鉄君《こてつくん》が得意《とくい》げに蘭《らん》ちゃんに言《い》う。

「ほらみろ! ウケただろ?」

「リンって、意外《いがい》と笑《わら》いのツボが浅《あさ》いのね〜」

そこへ、たこ焼《や》きをもって御影君《みかげくん》が戻《もど》ってきた。

「おいコラ、虎鉄《こてつ》、幽霊娘《ゆうれいむすめ》！　俺《おれ》とリンのデート、邪魔《じゃま》しに来《き》やがったな⁉」

虎猫《とらねこ》はしっぽをそよがせながらとぼける。

「偶然通《ぐうぜんとお》りかかっただけだニャー」

「うそつけ！」

そのやりとりがおかしくて笑《わら》った。

「ふふ……あははは――」

蘭《らん》ちゃんがわたしを見《み》て、心配《しんぱい》そうに問《と》いかけてきた。

「……リン？　大丈夫《だいじょうぶ》？」

「え？」

気《き》がつくと、涙《なみだ》が頬《ほお》をつたっていた。

一度《いちど》こぼれると、せきをきって、涙《なみだ》はどんどんあふれる。

わたしは両手《りょうて》で顔《かお》を覆《おお》った。

「ごめん……なさい……」

御影君《みかげくん》、虎鉄君《こてつくん》、蘭《らん》ちゃん、みんなが一生懸命《いっしょうけんめい》、わたしを元気《げんき》づけようとしてくれているのはわかったんだけど。

でも……どうしても、楽《たの》しい気持《きも》ちが長《なが》つづきしなかった。

いままで何度《なんど》、零士君《れいじくん》に助《たす》けられただろう。

励《はげ》まされ、支《ささ》えられて、守《まも》られて。

なのにわたしは、零士君《れいじくん》のためになにもできなくて……それが情《なさ》けなくて、くやしくて、
涙《なみだ》が止《と》まらない。

虎鉄君《こてつくん》がくやしそうな顔《かお》をして、

「リン、謝《あやま》んな。俺《おれ》たちだって、零士《れいじ》を止《と》めらんなかった」

御影君《みかげくん》がいらついてどんぐりを蹴《け》った。

「くっそ〜、零士《れいじ》のアホが！　せっかくのリンとのデートが台《だい》なしじゃねーか！」

「愚痴《ぐち》っててもしょーがねえだろ。零士《れいじ》の居場所《いばしょ》をつきとめて、つれ戻《もど》す。解決《かいけつ》するには
それしかねえ」

虎鉄君《こてつくん》の言《い》うとおりだ。

泣《な》いている場合《ばあい》じゃない。

わたしは涙《なみだ》をごしごしぬぐった。

「零士君《れいじくん》は、どこにいるのかな？」

「うーん……虎鉄《こてつ》、バラの魔女《まじょ》が行《い》きそうな場所《ばしょ》、わかんねえのかよ？」

「わかってたら、とっくに行《い》ってる」

御影君《みかげくん》と虎鉄君《こてつくん》にもわからないのか……。

困《こま》っていると、蘭《らん》ちゃんが両手《りょうて》を腰《こし》にあてて言《い》った。

「そんなことになるだろうと思《おも》って、アドバイザーを呼《よ》んでおいたわ」

「アドバイザー？」

背後《はいご》のしげみから、突然《とつぜん》、その人《ひと》がとびだしてきた。

「わたしよ～ん♪」

「きゃっ!?」

現《あらわ》れたのは、ベールをまとってアクセサリーをジャラジャラつけた占《うらな》い師《し》。

「セレナさん！」

「星《ほし》はキラメキ、恋《こい》はトキメキ、運命《うんめい》の占《うらな》い師《し》ミス＝セレナ！　登場《とうじょう》～♪」

セレナさんは、ベリーダンスを踊《おど》るように体《からだ》をくねらせ、カメラ目線《めせん》でポーズを決《き》める。

テレビの星占《ほしうらな》いコーナーに出演《しゅつえん》したり、星占《ほしうらな》いの本《ほん》を出《だ》したりしている、有名《ゆうめい》な占《うらな》い師《し》だ。

「すみません、お忙《いそが》しいのにわざわざ来《き》ていただいて……」

恐縮《きょうしゅく》しながら言《い》うと、セレナさんは顔《かお》をのぞきこんできて、

「リンちゃ～ん、わたしたちはなぁに？」

「え？」

「お・と・も・だ・ち、でしょ？　遠慮《えんりょ》はポイよ～」

セレナさんはポイッて投《な》げ捨《す》てるしぐさをする。

わたしはくすりと笑《わら》いながらうなずいた。

「――はい」

「それにね、今回《こんかい》のことは、わたしも無関係《むかんけい》じゃないのよん」

「どういうことですか？」

「昨日《きのう》、あなたたちの学園《がくえん》に黒《くろ》いもやがたちこめるイメージが見《み》えた。なんか、すっごい悪《わる》いことが起《お》こりそうな予感《よかん》がして、リンちゃんに知《し》らせようとしたの。でも、できなかった」

虎猫《とらねこ》が眉間《みけん》にしわを寄《よ》せる。

「なんでだ？」

「電話《でんわ》をかけようとしたら、なぜか町《まち》のど真《ま》ん中《なか》でスマホが圏外《けんがい》。車《くるま》で行《い》こうとしたら、渋滞《じゅうたい》で動《うご》けなくなっちゃった☆　運《うん》が悪《わる》いときって誰《だれ》にでもあるけどね、運命《うんめい》の占《うらな》い師《し》ミス＝セレナが、こんなに不運《ふうん》だなんて、ありえな〜い！　考《かんが》えられることはただひと〜つ！　わたしがリンちゃんに知《し》らせようとするのを、誰《だれ》かが邪魔《じゃま》したのよん☆」

わたしはセレナさんに問《と》いかけた。

「誰《だれ》かって……誰《だれ》がですか？」

「バラの魔女《まじょ》かもしれないし、他《ほか》の誰《だれ》かかもしれない。正体《しょうたい》はわからないけど、ものすんごい魔力《まりょく》をもった相手《あいて》であることはたしかね」

蘭《らん》ちゃんが首《くび》をかしげながら疑問《ぎもん》を口《くち》にした。

「そもそも、どうして白《しろ》ニャンコはバラの魔女《まじょ》のところへ戻《もど》ったのかしら？」

「そりゃあ、リンを助《たす》けるためだろ。要求《ようきゅう》をのまないとヤバかったから」

御影君《みかげくん》の意見《いけん》に、蘭《らん》ちゃんはますます首《くび》をひねる。

「戦《たたか》いもしないで、負《ま》けを認《みと》めちゃったってこと？　抵抗《ていこう》もせずに従《したが》うなんて、なんか白《しろ》ニャンコらしくないわ」

たしかにそうだ。

零士君《れいじくん》はなにを思《おも》って、ジュリエットさんと一緒《いっしょ》に行《い》ったんだろう。

「わたし、零士君《れいじくん》と話《はな》したい……話《はな》して、零士君《れいじくん》の本当《ほんとう》の気持《きも》ちを知《し》りたい」

そのためには、なんとかして会《あ》いに行《い》かないと。

「セレナさん、零士君《れいじくん》の居場所《いばしょ》を占《うらな》ってください、お願《ねが》いします！」

「オッケーよ〜ん、氷《こおり》の悪魔君《あくまくん》の居場所《いばしょ》、ズバッと占《うらな》っちゃうぞ☆」

じゃらん！　セレナさんが手《て》をあげると、アクセサリーが音《おと》をたてる。

そしてその手《て》にある水晶玉《すいしょうだま》がぼわぁっと光《ひか》った。

セレナさんの瞳《ひとみ》が一瞬《いっしゅん》キラリと光《ひか》って、

「氷《こおり》の悪魔君《あくまくん》とバラの魔女《まじょ》がいるのは……ズバリ、花咲町《はなさきちょう》よん♪」

それは予想外《よそうがい》の占《うらな》い結果《けっか》だった。

「花咲町《はなさきちょう》って……隣町《となりまち》の？」

「そ。花咲町《はなさきちょう》の花咲植物園《はなさきしょくぶつえん》にいるわ、まちがいなし☆」

てっきり外国《がいこく》とか、遠《とお》い異世界《いせかい》とか、簡単《かんたん》には行《い》けないところへ行《い》ってしまったと思《おも》っていた。

花咲町《はなさきちょう》なら、目《め》と鼻《はな》の先《さき》だ。

すぐ近《ちか》くに零士君《れいじくん》がいる……そう思《おも》ったら、いてもたってもいられなくなった。

「零士君《れいじくん》のところへ行《い》こ！」

「ちょっと待《ま》って」

待《ま》ったをかけたのは蘭《らん》ちゃんだった。

「リンたちは、バラの魔女《まじょ》にかなわなかったんでしょ？　このまま行《い》っても、返《かえ》り討《う》ちにあうだけよ」

ジュリエットさんひとりに、わたしと3人《にん》の悪魔《あくま》。

人数《にんずう》でいえば、こっちの方《ほう》が圧倒的《あっとうてき》に有利《ゆうり》なのに、なにもできなかった。

ジュリエットさんは強《つよ》い——ものすごく。

「ねえ、セレナ、なにかいい方法《ほうほう》はない？」

蘭《らん》ちゃんの問《と》いかけに、セレナさんは首《くび》を横《よこ》にふる。

「わたしにできるのは、占《うらな》いだけよん。強力《きょうりょく》な魔法《まほう》を使《つか》うバトルは専門外《せんもんがい》。残念《ざんねん》ながらアドバイスはできないわ」

こんなとき、いつも零士君《れいじくん》がアドバイスをくれた。

零士君《れいじくん》はいない……そのことを強《つよ》く感《かん》じる。

「しゃーねえな、あいつらに聞《き》いてみっか」

後《うし》ろ足《あし》で首《くび》をかきながら言《い》う虎猫《とらねこ》に、わたしたちは注目《ちゅうもく》する。

「あいつらって？」

「聞《き》いたところで、答《こた》えない可能性《かのうせい》の方《ほう》がでかいけどな。でも、あいつらは戦《たたか》い慣《な》れてるし、バラの魔女《まじょ》への対抗策《たいこうさく》もなんか知《し》ってっかも」

戦《たたか》い慣《な》れている、という言葉《ことば》でわかった。

頭《あたま》に思《おも》い浮《う》かんだのは、黒髪《くろかみ》の黒魔女《くろまじょ》とパープルアイの悪魔《あくま》の姿《すがた》だった。

2

ひつじ雲《ぐも》が浮《う》かぶ秋《あき》の空《そら》。

点々《てんてん》と浮《う》かぶ雲《くも》から雲《くも》へと身《み》を隠《かく》しながら、わたしは箒《ほうき》で飛《と》んだ。

箒《ほうき》の先《さき》には黒猫《くろねこ》が、わたしの後《うし》ろには虎猫《とらねこ》がのっている。

海《うみ》の匂《にお》いがしてきたとき、虎猫《とらねこ》が言《い》った。

「見《み》えたぞ」

海沿《うみぞ》いにある大《おお》きなお屋敷《やしき》にむかい、箒《ほうき》を降下《こうか》させて、わたしは神無月家《かんなづきけ》の門《もん》の前《まえ》に降《お》り立《た》った。

門《もん》はぴったり閉《し》まっている。

(えっと……綺羅《きら》さんにどう話《はな》せばいいかな？　何《なに》から話《はな》せば――)

門《もん》の前《まえ》で考《かんが》えていると、突然《とつぜん》、門《もん》が開《ひら》きはじめた。

そして黒《くろ》いスーツ姿《すがた》の群雲《むらくも》さんが現《あらわ》れて、わたしに言《い》った。

「どうぞ」

「え？　いいんですか？」

すんなり通《とお》されたのを驚《おどろ》いていると、群雲《むらくも》さんがさらりと言《い》う。

「いいですよ。本日《ほんじつ》、綺羅様《きらさま》は退屈《たいくつ》なさっていますので」

へえ、とわたしは思《おも》わず言《い》った。

「綺羅《きら》さんでも、そんなことあるんですね」

「そんなこと、とは？」

「退屈《たいくつ》だなんて。芸能界《げいのうかい》のお仕事《しごと》や、生徒会活動《せいとかいかつどう》を積極的《せっきょくてき》にやっていて、退屈《たいくつ》している暇《ひま》なんてないと思《おも》ってました」

群雲《むらくも》さんはふっと微笑《びしょう》した。

「たまにはお休《やす》みをとオフの日《ひ》を作《つく》ったのですが、よけいなお世話《せわ》だったようで」

どうぞ、と群雲《むらくも》さんに言《い》われて、わたしたちは綺羅《きら》さんの家《いえ》へ足《あし》を踏《ふ》み入《い》れた。


わたしたちは水平線《すいへいせん》が見《み》えるテラスへ通《とお》された。

ここには前《まえ》に一度《いちど》、綺羅《きら》さんのバースデーパーティーのときに来《き》たことがある。

テラスのひとりがけの椅子《いす》に綺羅《きら》さんが座《すわ》っていて、手《て》を動《うご》かして何《なに》かをしている。

集中《しゅうちゅう》しているみたいで、わたしたちには気《き》づいていない。

(何《なに》してるんだろ？)

後《うし》ろからそっと手元《てもと》をのぞきこんで、驚《おどろ》いた。

綺羅《きら》さんは白《しろ》い糸《いと》とかぎ針《ばり》で、レース編《あ》みをしていた。

「わあ、すご〜い!!」

思《おも》わず叫《さけ》ぶと、綺羅《きら》さんがふりむき、驚《おどろ》いた顔《かお》をした。

「えっ、どうしているの!?」

「え？　あの……群雲《むらくも》さんにどうぞって」

綺羅《きら》さんはキッとした顔《かお》で群雲《むらくも》さんをにらむ。

「群雲《むらくも》！」

にらまれているのに、なぜかうれしそうに群雲《むらくも》さんは微笑《びしょう》する。

「いい退屈《たいくつ》しのぎになるでしょう」

わたしは綺羅《きら》さんが作《つく》った丸《まる》いレースを興味津々《きょうみしんしん》に見《み》た。

コースターかな？　丁寧《ていねい》に編《あ》まれた細《こま》かい模様《もよう》がとてもきれいだ。

「知《し》りませんでした、綺羅《きら》さんにこんな趣味《しゅみ》があるなんて。そういえば、綺羅《きら》さんは魔法《まほう》で糸《いと》を操《あやつ》りますもんね。魔法《まほう》もすごいですけど、レース編《あ》みもすごく上手《じょうず》なんですね」

「ただの暇《ひま》つぶしよ」

そう言《い》って、糸《いと》とかぎ針《ばり》をテーブルに置《お》いてレース編《あ》みをやめてしまった。

あぁ、残念《ざんねん》。

かぎ針《ばり》でレースが編《あ》まれていくさまはとてもあざやかで、もう少《すこ》し見《み》ていたかったな。

「人《ひと》の家《いえ》を訪《たず》ねるには、前《まえ》もって連絡《れんらく》するのが礼儀《れいぎ》ではなくて？」

「すみません……連絡先《れんらくさき》がわからなかったので。あ、よかったら連絡先《れんらくさき》、教《おし》えてもらえます？　次《つぎ》からは連絡《れんらく》を」

スマホをとりだすと、綺羅《きら》さんににらまれた。

「あなたはわたくしの敵《てき》なのよ？　敵《てき》に連絡先《れんらくさき》を教《おし》える人《ひと》がいると思《おも》う？」

あ、そっか。

そう言《い》われればそうかも。

やれやれというように、綺羅《きら》さんが言《い》った。

「どうせ、バラの魔女《まじょ》のことを聞《き》きにきたんでしょうけど」

「えっ、どうしてわかるんですか⁉」

一言《ひとこと》も言《い》っていないのに。

驚《おどろ》いていると、綺羅《きら》さんはこともなげに言《い》う。

「見《み》ていたからに決《き》まってるじゃない」

御影君《みかげくん》と虎鉄君《こてつくん》がうなった。

「くっそ、俺《おれ》たちが苦戦《くせん》してるところを、高《たか》みの見物《けんぶつ》かよ」

「見《み》てたなら、出《で》てこいよな」

群雲《むらくも》さんが平然《へいぜん》とした顔《かお》で言《い》い放《はな》つ。

「綺羅様《きらさま》には関係《かんけい》のないことだ」

バラ園《えん》は学園内《がくえんない》にあるし、あの出来事《できごと》を綺羅《きら》さんが見《み》ていても不思議《ふしぎ》じゃない。

わたしはこぶしをにぎりしめながら綺羅《きら》さんに言《い》った。

「零士君《れいじくん》が……バラの魔女《まじょ》と一緒《いっしょ》に行《い》ってってしまいました」

「そのようね。それで？」

わたしは頭《あたま》を下《さ》げてお願《ねが》いした。

「零士君《れいじくん》を助《たす》けたいんです！　どうすればバラの魔女《まじょ》から零士君《れいじくん》をとり戻《もど》せるのか、教《おし》えてください！」

「なぜわたくしが、あなたにそんなことを教《おし》えなければならないの？」

綺羅《きら》さんの返答《へんとう》は冷《つめ》たかった。

でも引《ひ》き下《さ》がるわけにはいかない。

引《ひ》き下《さ》がれば、もう二度《にど》と零士君《れいじくん》には会《あ》えないかもしれない。

「お願《ねが》いします！　わたし、なにもできなくて……わたしの力《ちから》じゃ、あの人《ひと》にぜんぜんかなわなくて……！」

「かなわない、ですって？」

綺羅《きら》さんがぴくりとこめかみを引《ひ》きつらせる。

そして椅子《いす》から立《た》ちあがり、わたしの正面《しょうめん》に立《た》った。

「あなたがなにもできない無力《むりょく》な魔女《まじょ》なら、わたくしは放置《ほうち》しておくわ。だって力《ちから》のない魔女《まじょ》なんて、放《ほう》っておいてもなにもできはしない。そうでしょう？」

「え？　えっと……そうですね」

「そうよ！　でも、わたくしはあなたを決《けっ》して放置《ほうち》しないし、わたくしの目《め》の届《とど》く範囲《はんい》から一刻《いっこく》も早《はや》く追《お》いだしたいと思《おも》っているわ。なぜなら――」

綺羅《きら》さんは怒鳴《どな》った。

「あなたは、無力《むりょく》ではないからよ!!」

「……え？」

ぽかんとしながら目《め》をしばたたく。

すると綺羅《きら》さんはますますイラついた顔《かお》をして、

「群雲《むらくも》、お客様《きゃくさま》がお帰《かえ》りよ！」

ツカツカと足音《あしおと》をたてて、テラスから去《さ》っていってしまった。

「すみません、綺羅《きら》さんを怒《おこ》らせてしまったみたいで……」

お屋敷《やしき》の門《もん》まで案内《あんない》されたところで、わたしは群雲《むらくも》さんに謝《あやま》った。

群雲《むらくも》さんからも怒《おこ》られると思《おも》ったけど、やわらかいまなざしでわたしを見《み》ながら言《い》った。

「いいえ。たまには、あのように怒《おこ》る綺羅様《きらさま》を見《み》るのも一興《いっきょう》」

「え？」

「ふだん、綺羅様《きらさま》は自分《じぶん》を律《りっ》し、あまり感情的《かんじょうてき》になることはありません。子供《こども》なのに、大人《おとな》のように物分《ものわ》かりがいい。しかしあなたに対《たい》しては、自制心《じせいしん》が働《はたら》かないようで、いい刺激《しげき》になります」

「いい刺激《しげき》……ですか」

喜《よろこ》んでいいものかどうか、ちょっとわからない。

群雲《むらくも》さんがポケットからスマホをとりだして言《い》った。

「わたしでよろしければ、連絡先《れんらくさき》の交換《こうかん》を」

「えっ、いいんですか!?」

御影君《みかげくん》と虎鉄君《こてつくん》が同時《どうじ》に叫《さけ》んだ。

「「ちょっと待《ま》ったぁ!!」」

ふたりで群雲《むらくも》さんをにらみつけながら、ぐるるるる……と牙《きば》をむく。

「リンと連絡先《れんらくさき》の交換《こうかん》だと〜？　さては、こっそりデートに誘《さそ》おうって魂胆《こんたん》だろ⁉」

「とんでもねえ奴《やつ》だ！　リンとラブラブトークしようたって、そうはさせねーぞ！」

群雲《むらくも》さんがあきれたように言《い》う。

「ばかげたことを。わたしが心《こころ》を寄《よ》せるのは綺羅様《きらさま》だけだ。見境《みさかい》なく噛《か》みつくな」

わたしは笑《わら》いながらふたりをなだめた。

「心配《しんぱい》いらないよ。だって、わたしがデートしたいのは、御影君《みかげくん》と、虎鉄君《こてつくん》と——」

ずきっと胸《むね》に痛《いた》みを感《かん》じながらつぶやく。

「零士君《れいじくん》……だけだから」

ふたりの了解《りょうかい》を得《え》て、わたしは群雲《むらくも》さんと連絡先《れんらくさき》を交換《こうかん》した。

（零士君《れいじくん》を助《たす》けにいかないと。でも、どうすれば……）

スマホをにぎりしめながら考《かんが》えていると、ふいに群雲《むらくも》さんが口調《くちょう》を変《か》えて言《い》った。

「白《しろ》のウエディングドレス」

「え？」

「ウエディングドレスは、誰《だれ》でも着《き》られるものではない。悪魔《あくま》と契約《けいやく》し、その悪魔《あくま》と心《こころ》を通《かよ》わせられた魔女《まじょ》だけがまとえる最上《さいじょう》の魔女服《まじょふく》だ。まとえる魔女《まじょ》は数少《かずすく》なく、しかも何色《なにいろ》にも染《そ》まっていない白《しろ》のウエディングドレスは、伝説《でんせつ》として語《かた》られるほどのもの」

それをまとったのは満月《まんげつ》の夜《よる》、狼男《おおかみおとこ》さんに襲《おそ》われたとき。

学園内《がくえんない》での出来事《できごと》だったからかな、しっかり群雲《むらくも》さんに見《み》られていたみたいだ。

「白《しろ》のウエディングドレスをまとった君《きみ》は、フルパワーの狼男《おおかみおとこ》をはねのけた。あれほどの魔力《まりょく》があれば、バラの魔女《まじょ》など恐《おそ》れるに足《た》りないはず。なぜ、まとわなかったんだ？」

「あのドレスは……気《き》がついたらまとっていて。着《き》たいと思《おも》っても、着《き》られないんです」

「本気《ほんき》でそうしようとしていないのでは？」

「え？」

「君《きみ》は、戦《たたか》うことを恐《おそ》れている」

わたしはハッと顔《かお》をあげた。

夕闇《ゆうやみ》の中《なか》で、群雲《むらくも》さんのパープルアイがわたしを鋭《するど》く見《み》すえている。

「これまで綺羅様《きらさま》とわたしが戦《たたか》いぬいてこられたのは、綺羅様《きらさま》が決《けっ》して負《ま》けないという強《つよ》い意志《いし》をおもちだからだ。その意志《いし》が、わたしの魔力《まりょく》を何倍《なんばい》にも強《つよ》めている。悪魔《あくま》が３人《にん》もそばにいながら、バラの魔女《まじょ》にかなわなかったのは、君《きみ》の心《こころ》の弱《よわ》さのせいだ」

群雲《むらくも》さんはわたしを奮《ふる》い立《た》たせるように力強《ちからづよ》く言《い》った。

「戦《たたか》う覚悟《かくご》と決意《けつい》をもて。そうでなければ、バラの魔女《まじょ》には勝《か》てない」

ふうん、と虎鉄君《こてつくん》が探《さぐ》るように問《と》う。

「敵《てき》のおまえが、そんなアドバイスをするとはな。どういう風《かぜ》の吹《ふ》きまわしだ？」

「返《かえ》せる借《か》りは、返《かえ》しておきたいだけだ。綺羅様《きらさま》の誕生日《たんじょうび》プレゼントに受《う》けとった猫《ねこ》のクツキーの件《けん》は、これでチャラとさせてもらう。では」

門《もん》は閉《し》まり、群雲《むらくも》さんは綺羅《きら》さんのもとへ戻《もど》っていった。

3

夕方《ゆうがた》、帰宅《きたく》すると、テーブルには晩御飯《ばんごはん》がずらりと並《なら》んでいた。

「うわぁ〜、すごいごちそう！」

クリームシチュー、からあげ、ポテトサラダ……全部《ぜんぶ》わたしの好物《こうぶつ》だ。

今日《きょう》の食事当番《しょくじとうばん》、エプロンをしたお父《とう》さんが、スプーンやお箸《はし》を並《なら》べながら得意《とくい》げに言《い》った。

「どうだ、おいしそうだろう？」

「うん、すごいよ！　こんなに作《つく》るの、大変《たいへん》だったでしょ？」

「どうってことないさ。これでリンが元気《げんき》になるならな！」

「え？」

「昨日《きのう》から、ちょっと元気《げんき》ないだろ？」

明《あか》るくふるまっていたつもりだったけど、お父《とう》さんには見抜《みぬ》かれていたみたい。

「昔《むかし》、お母《かあ》さんが言《い》ってたんだ。元気《げんき》が出《で》なかったり、気持《きも》ちが落《お》ちこんだりするときは、おいしいものをたくさん食《た》べて、ぐっすり眠《ねむ》るのがいいってな」

「お母《かあ》さんが……？」

お父《とう》さんはにぎりこぶしで、力強《ちからづよ》く叫《さけ》ぶ。

「だから、リン、もりもり食《た》べろ！　おかわり、たくさんあるからな！」

「……うん。ありがと」

お父《とう》さんの愛情《あいじょう》でできたごちそうは、どれも食《た》べきれないくらい大盛《おおも》りだった。

おいしくて、あったかくて。

おなかが幸《しあわ》せでいっぱいになった。

お風呂《ふろ》に入《はい》ってさっぱりして、お父《とう》さんにおやすみのあいさつをした。

階段《かいだん》をあがると、部屋《へや》の中《なか》から小声《こごえ》が聞《き》こえた。

「いや、でもニャ……そんなこと、あるのかニャ？」

「ニャいとは言《い》い切《き》れニャいニャ」

ドアを開《あ》けると、２匹《ひき》の猫《ねこ》が顔《かお》を寄《よ》せ合《あ》って話《はな》しているのが見《み》えた。

黒猫《くろねこ》と虎猫《とらねこ》はわたしを見《み》ると、ニャ⁉　と少《すこ》し驚《おどろ》いたような声《こえ》を出《だ》した。

「リン、早《はや》かったニャ！」

「親父《おやじ》さんは、大丈夫《だいじょうぶ》ニャのか？」

「うん。今日《きょう》は早《はや》く寝《ね》ようと思《おも》って。おやすみって言《い》ってきたよ」

わたしは２匹《ひき》の猫《ねこ》の前《まえ》に座《すわ》り、決意《けつい》を述《の》べた。

「夜《よ》が明《あ》けたら、零士君《れいじくん》に会《あ》いに行《い》こうと思《おも》う。一緒《いっしょ》に来《き》てくれる？」

「もちろんだ！」

「とーぜん行《い》くし」

ひげをピンとたててキリッとした顔《かお》をする２匹《ひき》は、かわいくて頼《たの》もしい。

「でも、零士《れいじ》をどう連《つ》れ戻《もど》すんだ？　あいつ、バラの魔女《まじょ》と主従《しゅじゅう》の契約《けいやく》を結《むす》んじまっただろ」

「ん〜、それがやっかいだよなぁ〜」

2匹《ひき》は、むむむと眉間《みけん》にしわを寄《よ》せて考《かんが》えこむ。

「方法《ほうほう》はあるよ。零士君《れいじくん》、前《まえ》に言《い》ってたの。わたしのお母《かあ》さんが白魔法《しろまほう》で、ジュリエットさんとの結婚《けっこん》の契約《けいやく》を断《た》ち切《き》ってくれたんだって」

黒猫《くろねこ》が目《め》を見開《みひら》いて、感嘆《かんたん》の声《こえ》をあげた。

「契約《けいやく》を断《た》ち切《き》った⁉　すげぇな、カルラは」

「わたしがその魔法《まほう》を使《つか》うことができれば、零士君《れいじくん》を助《たす》けられると思《おも》う」

わたしは無力《むりょく》ではないと、綺羅《きら》さんと群雲《むらくも》さんが教《おし》えてくれた。

助《たす》けられる魔法《まほう》があることもわかっている。

あとは……わたしの覚悟《かくご》だけ。

(戦《たたか》わないと……——)

スタージュエルをにぎりしめていると、黒猫《くろねこ》が心配《しんぱい》そうに顔《かお》をのぞきこんできた。

「リン、大丈夫《だいじょうぶ》か？」

ハッとすると、虎猫《とらねこ》もわたしを見上《みあ》げていて、

「不安《ふあん》か？」

やっぱり気《き》づかれてしまった。

わたしはうつむきながら気持《きも》ちを吐露《とろ》した。

「わたしね……争《あらそ》いが苦手《にがて》なの。小《ちい》さい頃《ころ》から、ずっと……いつも、逃《に》げてた」

人見知《ひとみし》りが激《はげ》しくて、いつもびくびくしてて、自分《じぶん》でも嫌《いや》になるくらい弱虫《よわむし》だった。

誰《だれ》かににらまれたら、目《め》をそらして。

悪口《わるくち》を言《い》われても、耳《みみ》をふさいで。

物陰《ものかげ》に隠《かく》れて、逃《に》げて、やりすごしてきた。

「零士君《れいじくん》を助《たす》けたいって気持《きも》ちは、本当《ほんとう》だよ。本気《ほんき》だし、本当《ほんとう》なんだけど……――やっぱり、ちょっと怖《こわ》い」

群雲《むらくも》さんの言《い》うとおりだ。

ジュリエットさんと戦《たたか》うという覚悟《かくご》が、わたしはできていない。

虎猫《とらねこ》がひげをそよがせながら言《い》った。

「逃《に》げてたっていうのはさ、昔《むかし》のことだろ？　いまのリンはちがう」

「そうかな……」

「だって、いまは箒《ほうき》で飛《と》べるじゃないか。強《つよ》い意志《いし》がなきゃ、箒《ほうき》を飛《と》ばすことはできないぞ」

わたしは目《め》をしばたたいた。

「そっか……そうだね」

「ケンカは意志《いし》と意志《いし》のぶつかり合《あ》いだ。ここぞというとき、リンの意志《いし》はそう簡単《かんたん》には負《ま》けねえ。俺《おれ》はそう思《おも》ってる」

黒猫《くろねこ》がわたしの手《て》にそっと手《て》をおいた。

「昔《むかし》とちがうことが、もうひとつあるぞ。リンには俺《おれ》がついている」

キリッと言《い》う黒猫《くろねこ》に、虎猫《とらねこ》がげしっと蹴《け》ってつっこみを入《い》れる。

「俺《おれ》たちが、だろ」

わたしはくすっと笑《わら》った。

「そうだね……そのとおりだね」

不安《ふあん》がなくなったわけじゃない。

戦《たたか》うことを考《かんが》えると、足《あし》がすくんでしまうけど。

(わたしはひとりじゃない)

そのことがとても心強《こころづよ》い。

「今日《きょう》はもう寝《ね》よっか。早《はや》く寝《ね》て、しっかり休《やす》んで、それから零士君《れいじくん》に会《あ》いに行《い》こ」

わたしはベッドに上《あ》がって、布団《ふとん》の中《なか》に入《はい》った。

2匹《ひき》の猫《ねこ》がそわそわしながら、わたしをチラチラ見《み》ている。

「なぁに？　どうかした？」

黒猫《くろねこ》が目《め》を泳《およ》がせながら、言《い》いにくそうに聞《き》いてきた。

「えーっと……俺《おれ》たちは、どこで寝《ね》ればいいニャ？」

「リンと一緒《いっしょ》の布団《ふとん》に入《はい》って、イチャイチャしていいニャ？」

ズバッと聞《き》いてきた虎猫《とらねこ》に、黒猫《くろねこ》が肉球《にくきゅう》パンチでつっこみを入《い》れる。

「ば、ばかやろー！　リンが、そ、そんなこと言《い》うわけニャいだろ！」

「いや、万《まん》が一《いち》ということもあるし。はっきり聞《き》いた方《ほう》がいいニャ」

顔《かお》がカ～ッと赤《あか》くなるのを感《かん》じた。

御影君《みかげくん》と虎鉄君《こてつくん》に「今日《きょう》は一緒《いっしょ》にいてほしい」ってお願《ねが》いしたのはわたしの方《ほう》だ。

「や、やだ！　ごめん、わたし、そういう意味《いみ》じゃなくて……！　思《おも》ってることを、ちゃんとふたりに話《はな》さなきゃと思《おも》って……それだけで……！」

同《おな》じ部屋《へや》で一緒《いっしょ》に寝《ね》る、なんてことまでは考《かんが》えていなかった。

「だ、だよな！　ほらみろ、はやとちりニャ！」

「そっか……残念《ざんねん》だニャ。しょーがねえ、外《そと》で寝《ね》るニャ」

2匹《ひき》はがっかりした様子《ようす》で、窓《まど》から外《そと》へ出《で》ていこうとする。

「あ、待《ま》って！」

今夜《こんや》は寒《さむ》い。

猫《ねこ》でも悪魔《あくま》でも、外《そと》で寝《ね》たら風邪《かぜ》を引《ひ》いてしまう。

「あの……人《ひと》の姿《すがた》だと緊張《きんちょう》しちゃうけど……猫《ねこ》の姿《すがた》なら、いいよ」

猫《ねこ》の目《め》がうれしそうに、ぱあああ！　と輝《かがや》いた。

「ニャッホ〜！　俺《おれ》1番《ばん》〜！」

虎猫《とらねこ》がベッドにダイブしてきた。

「ニャニャ!?　虎鉄《こてつ》、ずるいニャ、俺《おれ》だって！」

それにつづいて黒猫《くろねこ》も。

わたしたちはひとつの布団《ふとん》に入《はい》った。

黒猫《くろねこ》が右側《みぎがわ》にくっついて。

虎猫《とらねこ》が左側《ひだりがわ》にくっついて。

ちょっとドキドキするけど、ふわふわした毛《け》が気持《きも》ちよくて暖《あたた》かい。

なにより安心感《あんしんかん》に包《つつ》まれる。

悪魔《あくま》の猫布団《ねこぶとん》……これは最高《さいこう》のお布団《ふとん》かもしれない。

「猫《ねこ》でよかったニャ〜」

「同感《どうかん》ニャ〜」

ぬくぬくして幸《しあわ》せそうに顔《かお》をゆるませる2匹《ひき》に、わたしはくすりと笑《わら》った。

「御影君《みかげくん》と虎鉄君《こてつくん》がいてくれて、よかった」

2匹《ひき》の猫《ねこ》の手《て》をきゅっとにぎる。

「おやすみなさい」

なかなか寝《ね》つけないかもって思《おも》ってたけど。

優《やさ》しいぬくもりにはさまれて、すぐに深《ふか》い眠《ねむ》りに落《お》ちた。

4

細《ほそ》い月《つき》が眠《ねむ》そうに夜空《よぞら》に浮《う》かんでいる。

いまは午前《ごぜん》4時《じ》、真夜中《まよなか》と早朝《そうちょう》の間《あいだ》。

まだ暗《くら》い中《なか》を、わたしは2匹《ひき》の猫《ねこ》と一緒《いっしょ》に箒《ほうき》にのって飛《と》んだ。早《はや》くベッドに入《はい》ってぐっすり眠《ねむ》ったからか、これからはじまる戦《たたか》いの興奮《こうふん》からか、早《はや》く目《め》が覚《さ》めてしまった。

「バラの魔女《まじょ》、寝《ね》てるかもな」

「寝《ね》てたら、こっそり零士《れいじ》を連《つ》れ戻《もど》しちまおうぜ」

それができたらいいんだけど。

花咲町《はなさきちょう》はすぐに見《み》えてきた。

こんな時間《じかん》だから、花咲植物園《はなさきしょくぶつえん》は閉園《へいえん》している。

真《ま》っ暗《くら》だから迷《まよ》うかもと思《おも》ったけど、その場所《ばしょ》は一目《ひとめ》でわかった。

「なに……あれ？」

植物園《しょくぶつえん》がぼんやりと光《ひかり》に包《つつ》まれていた。

大《おお》きな温室《おんしつ》がいばらに覆《おお》われていて、無数《むすう》に咲《さ》いているバラがうっすらと光《ひか》り、ライトアップされているみたいだった。

「バラの魔女《まじょ》のアジトは、バラの館《やかた》か。すっげーわかりやすいな」

わたしたちは箒《ほうき》で降下《こうか》し、静《しず》かに温室《おんしつ》の前《まえ》に降《お》り立《た》った。

黒猫《くろねこ》は御影君《みかげくん》に、虎猫《とらねこ》は虎鉄君《こてつくん》の姿《すがた》になって、あたりを警戒《けいかい》する。

人影《ひとかげ》は見《み》えない。

御影君《みかげくん》と虎鉄君《こてつくん》が手《て》をさしだしてきて、

「リン、零士《れいじ》をとり戻《もど》したら、もう一度《いちど》デートしよう。今度《こんど》は思《おも》いっきり楽《たの》しむぞ」

「うん」

「零士《れいじ》に言《い》ってやろうぜ。とっとと帰《かえ》ってこいってな」

「うん」

わたしは両手《りょうて》をそれぞれふたりの手《て》に重《かさ》ねた。

「炎《ほのお》よ！」

「風《かぜ》よ！」

真紅《しんく》と黄金《おうごん》の魔法陣《まほうじん》が足元《あしもと》に現《あらわ》れて、炎《ほのお》が燃《も》え、風《かぜ》が巻《ま》きおこる。

ふたりは黒衣《こくい》の悪魔《あくま》の姿《すがた》になった。

「行《い》こ」

わたしは御影君《みかげくん》と虎鉄君《こてつくん》と一緒《いっしょ》に、バラの館《やかた》へ入《はい》った。

温室《おんしつ》の中《なか》もバラだらけだった。

いろいろな植物《しょくぶつ》があるはずなのに、他《ほか》の花《はな》は見当《みあ》たらない。

左右《さゆう》の壁《かべ》にも、天井《てんじょう》にも、いばらがはりめぐらされていて、美《うつく》しいバラがたくさん咲《さ》いている。

色《いろ》はすべて、ローズピンクだ。

「すごいね……眠《ねむ》り姫《ひめ》のお城《しろ》みたい」

悪《わる》い魔女《まじょ》の呪《のろ》いで、いばらの城《しろ》で眠《ねむ》りつづけたお姫様《ひめさま》の童話《どうわ》を思《おも》い出《だ》す。

バラはひとつひとつはいいにおいだけど、これだけ集《あつ》まるとなんだか息苦《いきぐる》しい。

むせるような濃厚《のうこう》なバラの香《かお》りに、御影君《みかげくん》は顔《かお》をしかめた。

「強烈《きょうれつ》なにおいだ、息《いき》がつまりそうだ」

虎鉄君《こてつくん》が鋭《するど》い目《め》で警戒《けいかい》しながら言《い》った。

「油断《ゆだん》すんなよ、御影《みかげ》。いつどこから襲《おそ》ってきてもおかしくねー」

「わかってる」

通路《つうろ》を覆《おお》っているいばらには、鋭《するど》いトゲが無数《むすう》についている。

もしこれが一斉《いっせい》に襲《おそ》ってきたら、無傷《むきず》ではいられない。

わたしたちはあたりを見回《みまわ》し、細心《さいしん》の注意《ちゅうい》をはらいながら、ゆっくり進《すす》んだ。

予想《よそう》したような攻撃《こうげき》はなく、一番奥《いちばんおく》の広間《ひろま》にたどりついた。

その中央《ちゅうおう》に、ジュリエットさんが立《た》っていた。

「いらっしゃい、リンちゃん。ナイトのおふたりさん。バラの館《やかた》へようこそ」

ローズピンクのドレスを身《み》にまとい、にこやかな笑顔《えがお》でわたしたちを出迎《でむか》えた。

零士君《れいじくん》の姿《すがた》は見《み》えない。

「バラのお部屋《へや》を作《つく》ったんだけど、どうかしら？　気《き》に入《い》ってもらえたかしら？」

ジュリエットさんの魔法《まほう》で咲《さ》いた美《うつく》しいバラ。

温室全体《おんしつぜんたい》に無数《むすう》のバラがまんべんなく咲《さ》いていて、絵画《かいが》のように美《うつく》しい。

「はい……とてもきれいだと思《おも》います」

「本当《ほんとう》？　よかったぁ。リンちゃんのために、たくさん咲《さ》かせたのよ」

どうやらわたしが来《く》ることがわかっていたらしい。

追《お》い返《かえ》される覚悟《かくご》で来《き》たのに、こんな歓迎《かんげい》をするなんて。

(何《なに》を考《かんが》えているんだろう？)

ぜんぜんわからない。

わからないことが、なんだか不気味《ぶきみ》だ。

でも、ひるんではいられない。

わたしは深呼吸《しんこきゅう》をして、ジュリエットさんとむき合《あ》った。

「お願《ねが》いがあって来《き》ました。零士君《れいじくん》と、話《はなし》をさせてください」

ジュリエットさんはにこにこしながら言《い》った。

「こちらへどうぞ。お座《すわ》りになって」

白《しろ》いテーブルと椅子《いす》が2脚《きゃく》あった。

テーブルの上《うえ》には花瓶《かびん》があって、一輪《いちりん》のローズピンクのバラ、エターナル・ローズが活《い》けてある。

「いま、紅茶《こうちゃ》を用意《ようい》するわね」

のんびりお茶《ちゃ》をしに来《き》たわけじゃない。

わたしは心《こころ》を引《ひ》きしめて問《と》いかけた。

「零士君《れいじくん》はどこですか？」

「わたしのお気《き》に入《い》りのお茶《ちゃ》でね、とってもおいしいの。リンちゃんにも気《き》に入《い》ってもらえるといいけど」

「あの！　零士君《れいじくん》は――」

「お話《はなし》はお茶《ちゃ》しながら。どうぞ」

ジュリエットさんはにこやかに椅子《いす》をすすめる。

「……失礼《しつれい》します」

わたしはジュリエットさんの前《まえ》の椅子《いす》に腰《こし》かけた。

座《すわ》ったわたしの左右《さゆう》に、御影君《みかげくん》と虎鉄君《こてつくん》が立《た》つ。

ジュリエットさんが指《ゆび》をパチンと鳴《な》らすと、ティーポットとティーカップがテーブルの上《うえ》に現《あらわ》れた。

「えっ!?」

思《おも》わず声《こえ》をあげてしまうほど驚《おどろ》いた。

「ローストしたリンゴとバラの花《はな》びらを入《い》れた、ローズアップルティーよ」

透明《とうめい》なガラス製《せい》のティーポットの中《なか》に、リンゴの実《み》とバラの花《はな》びらが浮《う》かんでいる。

きれいなローズレッドの紅茶《こうちゃ》だ。

ジュリエットさんはティーポットをもち、ティーカップにこぽこぽと紅茶《こうちゃ》をそそいだ。

「どうぞ、めしあがれ」

わたしは出《だ》された紅茶《こうちゃ》をじいっと見《み》つめた。

目《め》の前《まえ》で見《み》ていたのに、ティーポットやカップがどこから出《で》てきたのか、まったくわからなかった。

（魔法《まほう》……だよね？）

それさえも確信《かくしん》がもてない。

ジュリエットさんがいつ魔法《まほう》を使《つか》ったかも、ぜんぜんわからなかった。

「もしかして、警戒《けいかい》してる？　毒《どく》が入《はい》ってるんじゃないかって？」

「い、いいえ、そういうわけじゃ……」

うふふ、と笑《わら》いながらジュリエットさんは言《い》う。

「わたしね、あなたとおしゃべりしたいの。お気《き》に入《い》りのバラを眺《なが》めながら、おいしい紅《こう》茶《ちゃ》を飲《の》んで、ゆっくりとね」

話《はな》し合《あ》いができるのなら、それにこしたことはない。

「どうぞ。お口《くち》に合《あ》うといいけど」

「では……いただきます」

出《だ》されたお茶《ちゃ》を飲《の》まないのも失礼《しつれい》だと思《おも》って、わたしはティーカップに手《て》をのばす。

その手《て》を、虎鉄君《こてつくん》に止《と》められた。

「虎鉄君《こてつくん》……？」

「リン、こいつを信用《しんよう》すんな。一言《ひとこと》も、一瞬《いっしゅん》たりともだ」

虎鉄君《こてつくん》がティーカップをもって、紅茶《こうちゃ》を足元《あしもと》にこぼした。

煙《けむり》が立《た》って、地面《じめん》が黒《くろ》ずんだ。

「えっ⁉」

ジュリエットさんはくすくすと笑《わら》う。

「あら、残念《ざんねん》。毒《どく》リンゴを食《た》べる白雪姫《しらゆきひめ》みたいになるかと思《おも》ったのに」

「毒《どく》……入《はい》ってたんですか？」

「ええ。一口《ひとくち》飲《の》めば、天国《てんごく》へ行《い》ける猛毒《もうどく》がね」

恐《おそ》ろしいことを、天使《てんし》のように微笑《ほほえ》みながら言《い》った。

(虎鉄君《こてつくん》がいなかったら、わたし……死《し》んじゃってた？)

血《ち》の気《け》がザアッと引《ひ》き、手足《てあし》が冷《ひ》えて、背筋《せすじ》が凍《こお》りついた。

全身《ぜんしん》が震《ふる》えて歯《は》の根《ね》が合《あ》わない。

話《はな》さなきゃいけないのに声《こえ》が出《で》ない。

（どうしよう……！）

怖《こわ》い。

そのとき、御影君《みかげくん》が冷《つめ》たくなっていたわたしの手《て》をにぎって、頬《ほお》にキスしてきた。

「ひゃ⁉」

びっくりして見《み》ると、御影君《みかげくん》はわたしを見《み》つめて言《い》った。

「リン、好《す》きだ」

御影君《みかげくん》はよくいきなり告白《こくはく》してくるけど、今日《きょう》はさらに突然《とつぜん》だ。

わたしの手《て》を優《やさ》しく、強《つよ》くにぎりしめながら言《い》う。

「リン、忘《わす》れるな。俺《おれ》がそばにいる」

だからがんばれ、と励《はげ》まされているのがわかった。

冷《つめ》たくなっていた手《て》にぬくもりが戻《もど》った。

御影君《みかげくん》の手《て》の温《あたた》かさに、恐怖《きょうふ》がうすらぐ。

わたしは勇気《ゆうき》を奮《ふる》い立《た》たせて、ジュリエットさんとむき合《あ》った。

「わたし、零士君《れいじくん》と話《はな》したいんです」

「何《なに》を話《はな》すの？　いまさら」

ちくりとトゲを刺《さ》すように言《い》う。

わたしは自分《じぶん》のスカートをにぎりしめながら、言葉《ことば》をふりしぼった。

「わたし、零士君《れいじくん》が悩《なや》んでるって気《き》づいてました。気《き》づいてたのに、力《ちから》になれなくて……相談《そうだん》にのってあげることもできなかった……」

わたしがもっと頼《たよ》りになる婚約者《こんやくしゃ》だったら。

もっと強《つよ》い魔女《まじょ》だったら。

使《つか》い魔《ま》になるなんて選択《せんたく》を、きっと零士君《れいじくん》はしなかったはずだ。

「零士君《れいじくん》と話《はな》させてください。零士君《れいじくん》の口《くち》から、零士君《れいじくん》の気持《きも》ちを聞《き》きたいんです」

「零士《れいじ》は話《はな》さなかったんでしょ？　そしてあなたではなく、わたしを選《えら》んだ。それが答《こた》えなんじゃなくって？」

ズキッと胸《むね》が痛《いた》んだ。

「そうかもしれません……でも、あきらめたくないんです。零士君《れいじくん》の気持《きも》ちを知《し》ることを……あきらめたら、零士君《れいじくん》との関係《かんけい》が終《お》わってしまいます」

こんな形《かたち》で終《お》わらせたくない。

終《お》わってしまったら、きっと、ずっと、後悔《こうかい》する。

「別《べつ》にそれでもいいじゃない。だってあなたには零士《れいじ》だけじゃない、他《ほか》にふたりも婚約者《こんやくしゃ》がいるんでしょう？」

「そうですけど……」

「あなた、零士《れいじ》と結婚《けっこん》する気《き》はあるの？」

「それは……——わかりません」

まぁ、とジュリエットさんが驚《おどろ》いてみせる。

「結婚《けっこん》する気《き》もないのに、零士《れいじ》と会《あ》いたいって言《い》ってるの？　ずいぶんと傲慢《ごうまん》なのね」

「そりゃあ、ちがうな」

虎鉄君《こてつくん》がはねのけるように言《い》った。

「いい女《おんな》には、自然《しぜん》と男《おとこ》が群《むら》がるもんだ。男《おとこ》を選《えら》べるのはモテる女《おんな》の特権《とっけん》で、リンはその特権《とっけん》をもってる。それだけのことだ」

そう言《い》って、虎鉄君《こてつくん》がわたしの肩《かた》を抱《だ》いて、頬《ほお》にキスしてきた。

はうっ⁉

「こ、虎鉄君《こてつくん》……⁉」

「一生懸命《いっしょうけんめい》がんばるリンもかわいーなー。マジ結婚《けっこん》してーわ」

「俺《おれ》だって、いつもリンと結婚《けっこん》したいと思《おも》ってる！」

御影君《みかげくん》もはり合《あ》うように、ほっぺにチューしてきた。

はううっ……！

両側《りょうがわ》からのキス攻撃《こうげき》、すごい威力《いりょく》だ。

おかげで、恐怖《きょうふ》も緊張《きんちょう》もふっとんでしまった。

虎鉄君《こてつくん》が笑《わら》いながら、挑発的《ちょうはつてき》にジュリエットさんに言《い》った。

「言《い》っとくけど、零士《れいじ》も俺《おれ》たちと同《おな》じだぜ？　わかってんだろーけど」

ジュリエットさんの頬《ほお》がぴくりと引《ひ》きつった。

でもすぐに笑顔《えがお》になって、

「あなたたち、悪《わる》いんだけど、少《すこ》し控《ひか》えてくれないかしら？　わたしはリンちゃんとおしゃべりしたいの。ゆっくりお話《はな》しできないわ」

はっ、と虎鉄君《こてつくん》が鼻《はな》で笑《わら》った。

「よく言《い》うぜ。話《はな》し合《あ》う気《き》なんか、さらさらねぇくせに」

ダン！　御影君《みかげくん》がテーブルをたたいて身《み》をのりだし、鋭《するど》くジュリエットさんをにらみつける。

「バラの香《かお》りの奥《おく》から、悪意《あくい》がぷんぷんにおってくるんだよ。リンが邪魔《じゃま》だ、殺《ころ》したい、そんな殺気《さっき》をはらんでな」

虎鉄君《こてつくん》も敵《てき》を見るような目《め》でジュリエットさんを見下《みお》ろして、

「いくら作《つく》り笑顔《えがお》でごまかそうとしても無駄《むだ》だぜ。おまえの悪意《あくい》は、俺《おれ》らには丸《まる》わかりだ。なんつったって、悪魔《あくま》だから」

わたしはジュリエットさんに頭《あたま》を下《さ》げた。

「お願《ねが》いします！　零士君《れいじくん》と会《あ》わせてください！」

そのとき、スタージュエルがチカチカと光《ひか》りだした。

わたしは顔《かお》をあげてハッとする。

ジュリエットさんの体《からだ》から黒《くろ》いもや——悪意《あくい》が立《た》ち昇《のぼ》っていた。

「いいわ。そんなに会《あ》いたいなら、会《あ》わせてあげる」

ジュリエットさんは椅子《いす》から立《た》ち上《あ》がって言《い》った。

「いらっしゃい、零士《れいじ》」

呼《よ》びかけに応《こた》えて、いばらの壁《かべ》が動《うご》いた。

密集《みっしゅう》していたいばらの中《なか》に道《みち》ができ、そこから白《しろ》い獣《けもの》が現《あらわ》れた。

青《あお》い瞳《ひとみ》の、ユキヒョウのような獣《けもの》。

その首《くび》にはトゲトゲのいばらが首輪《くびわ》のように巻《ま》きついていて、左《ひだり》の前足《まえあし》にはわたしが作《つく》ったミサンガが結《むす》ばれている。

「零士《れいじ》……君《くん》？」

冷気《れいき》が渦巻《うずま》き、バラの花《はな》びらを舞《ま》いあげて吹雪《ふぶき》になる。

青《あお》い魔法陣《まほうじん》の中《なか》で、ジュリエットさんの衣服《いふく》が変化《へんか》した。

黒《くろ》いローブをはおり、黒《くろ》バラの髪飾《かみかざ》りで髪《かみ》がまとめられる。

黒魔女《くろまじょ》の姿《すがた》だった。

ジュリエットさんがテーブルの花瓶《かびん》に活《い》けてあったエターナル・ローズを手《て》にとると、それが魔法《まほう》の杖《つえ》へと変化《へんか》した。

杖《つえ》の先《さき》にはバラの花《はな》、杖《つえ》の持《も》つ部分《ぶぶん》はいばらで編《あ》まれている。

ジュリエットさんはバラの杖《つえ》をにぎり、白《しろ》い獣《けもの》を従《したが》えて微笑《ほほえ》んだ。

「お望《のぞ》みどおり、わたしと零士《れいじ》でお相手《あいて》してあげる」

5

戦《たたか》う覚悟《かくご》はしてきたつもりだ。

でも、それは零士君《れいじくん》を助《たす》けるためで。

(零士君《れいじくん》と戦《たたか》うなんて……！)

動揺《どうよう》していると、あざ笑《わら》うようにジュリエットさんが微笑《ほほえ》む。

「このバラの館《やかた》はね、わたしの家《いえ》じゃないの。わたしがあなたのために作《つく》った、あなたの墓地《ぼち》よ」

背筋《せすじ》がぞっとした。

わたしを支《ささ》えるように、虎鉄君《こてつくん》と御影君《みかげくん》が左右《さゆう》に立《た》って、

「そんなこったろーと思《おも》ったぜ。おまえみたいな執念深《しゅうねんぶか》い黒魔女《くろまじょ》が、リンをほっとくわけねーからな」

「リンにふりかかる災《わざわ》いを焼《や》きはらう！　俺《おれ》たちはそのために来《き》た！」

炎《ほのお》がメラメラと燃《も》え、風《かぜ》が勢《いきお》いを増《ま》す。

闘争心《とうそうしん》を燃《も》やす悪魔《あくま》を見《み》てもジュリエットさんは恐《おそ》れる様子《ようす》もなく、

「あなたたちにできるかしら？　ルクセンルージュ！」

呪文《じゅもん》を唱《とな》えながらバラの杖《つえ》をふった。

杖《つえ》の動《うご》きに合《あ》わせて、周囲《しゅうい》にあるいばらが動《うご》き、槍《やり》のようにのびてきた。

吹雪《ふぶき》にのって飛《と》んできたバラの花《はな》びらを、御影君《みかげくん》は炎《ほのお》で焼《や》きはらい、虎鉄君《こてつくん》はいばらを風《かぜ》で切《き》り刻《きざ》む。

でも、あたりは一面《いちめん》のバラの園《その》。

すぐに新《あたら》しいバラが咲《さ》き、吹《ふ》き飛《と》ばしても、焼《や》きはらっても、きりがない。

「零士君《れいじくん》！」

白《しろ》い獣《けもの》は答《こた》えてくれない。

聞《き》こえていないのか、わたしの声《こえ》に反応《はんのう》しない。

次々《つぎつぎ》と咲《さ》くバラの中《なか》で、白《しろ》い獣《けもの》を従《したが》えて、バラの魔女《まじょ》は妖艶《ようえん》に微笑《ほほえ》む。

「ここはバラの館《やかた》。バラは咲《さ》きつづけるわ。無限《むげん》に、永遠《えいえん》にね」

周囲《しゅうい》はバラに囲《かこ》まれていて、逃《に》げ場《ば》はない。

そしてジュリエットさんも零士君《れいじくん》と魔力《まりょく》を交流《こうりゅう》しているからか、魔力《まりょく》が弱《よわ》まる気配《けはい》はない。

御影君《みかげくん》も虎鉄君《こてつくん》も全力《ぜんりょく》で戦《たたか》ってくれているけど、バラの攻撃《こうげき》を防《ふせ》ぐだけで精《せい》いっぱいみたいだ。

（わたしが戦《たたか》わなきゃ）

両手《りょうて》を組《く》んで祈《いの》るように、頭《あたま》の中《なか》でイメージする。

白《しろ》のウエディングドレス姿《すがた》になって、スタージュエルの杖《つえ》を使《つか》って、零士君《れいじくん》を縛《しば》るバラの刻印《こくいん》を断《た》ち切《き》る。

でも、思《おも》うようにはならなかった。

服《ふく》は変《か》わらず、スタージュエルも反応《はんのう》しない。

あせるわたしを見《み》て、ジュリエットさんがおかしそうに笑《わら》う。

「あら、リンちゃん、どうしたの？　なぜつっ立《た》っているの？　零士《れいじ》と話《はな》したいんでしょう？　なら、あなたがなんとかしないと」

わたしは力《ちから》いっぱいスタージュエルをにぎった。

でもあせればあせるほど、手《て》がこわばる。

「あなたが来《こ》ないなら、こちらから行《い》くわ」

ジュリエットさんがささやくように呪文《じゅもん》を唱《とな》えた。

「アムール・モアール……」

バラの嵐《あらし》がおこった。

無数《むすう》のいばらとバラの花《はな》をまきこんだ吹雪《ふぶき》が、猛烈《もうれつ》な勢《いきお》いで向《む》かってくる。

「うなれ炎《ほのお》！　火炎噴射《かえんふんしゃ》!!」

「クリークサイクロン!!」

御影君《みかげくん》と虎鉄君《こてつくん》がわたしの前《まえ》に立《た》ち、炎《ほのお》と風《かぜ》で壁《かべ》をつくって防御《ぼうぎょ》する。

突然《とつぜん》、ふたりが地《ち》に膝《ひざ》をついた。

「ぐっ……！」

「な、なんだ……？」

「御影君《みかげくん》！　虎鉄君《こてつくん》！」

わたしはふたりに駆《か》け寄《よ》ろうとして、くらっとめまいがした。

足《あし》がふらついて踏《ふ》んばれない。

全身《ぜんしん》から力《ちから》がぬけて、その場《ば》に倒《たお》れてしまった。

「リン……！」

御影君《みかげくん》たちがわたしの方《ほう》に来《こ》ようとするけど、立《た》つこともままならない。

くすくすとジュリエットさんが笑《わら》った。

「どう？　とっても眠《ねむ》いでしょう？　わたしのバラの香《かお》りにはね、催眠効果《さいみんこうか》があるの」

強烈《きょうれつ》な眠気《ねむけ》に襲《おそ》われて、目《め》を開《あ》けていられない。

眠《ねむ》っちゃダメだと思《おも》うけど、その考《かんが》えもぼんやりとする。

「安心《あんしん》なさい。眠《ねむ》っている間《あいだ》に、みんな仲良《なかよ》く息《いき》の根《ね》を止《と》めてあげるから。お眠《ねむ》りなさい、永遠《えいえん》に――」

ジュリエットさんがバラの杖《つえ》をかかげ、ふり下《お》ろそうとした、そのとき。

零士君《れいじくん》の声《こえ》が響《ひび》いた。

「フレイルザザン！」

バラの杖《つえ》をもつジュリエットさんの腕《うで》が凍《こお》りついた。

「うっ⁉」

強《つよ》い冷気《れいき》が吹《ふ》き乱《みだ》れ、空中《くうちゅう》を舞《ま》っていたバラの花《はな》びらが凍《こお》り、次々《つぎつぎ》と地面《じめん》に落《お》ちる。

冷気《れいき》は、白《しろ》い獣《けもの》から発生《はっせい》していた。

「零士《れいじ》、なにを……⁉」

驚《おどろ》くジュリエットさんに向《む》かって、白《しろ》い獣《けもの》が口《くち》を開《ひら》いた。

「ジュリエット……リンを葬《ほうむ》ったとしても、君《きみ》は救《すく》われない。人《ひと》を傷《きず》つけて、得《え》られる幸《しあわ》せなどない！」

「やめなさい零士《れいじ》！　わたしに逆《さか》らえば、あなたもただではすまないわよ⁉」

白《しろ》い獣《けもの》の首《くび》に巻《ま》きついているいばらがギリギリとしまり、鋭《するど》いトゲが食《く》いこんで、真《ま》っ白《しろ》な毛《け》が血《ち》で真《ま》っ赤《か》に染《そ》まる。

痛《いた》みを噛《か》み殺《ころ》しながら、獣《けもの》は吠《ほ》えた。

「これ以上《いじょう》、君《きみ》に罪《つみ》を重《かさ》ねさせない！　それが僕《ぼく》にできる最後《さいご》の役目《やくめ》だ！」

氷《こおり》の結晶《けっしょう》がふたりを包《つつ》みこむ。

ジュリエットさんだけでなく、零士君自身《れいじくんじしん》も凍《こお》りついていく。

「零士君《れいじくん》！」

白《しろ》い獣《けもの》がゆっくりとこちらを見《み》た。

澄《す》んだ青《あお》い瞳《ひとみ》でわたしを見《み》つめ、泣《な》きたくなるような優《やさ》しい声《こえ》で、

「ミサンガをありがとう。せっかく作《つく》ってくれたのに、無駄《むだ》にしてしまってすまない」

自分《じぶん》を凍《こお》らせながら、零士君《れいじくん》は別《わか》れの言葉《ことば》を述《の》べた。

「リン……君《きみ》の幸福《こうふく》を、心《こころ》から願《ねが》っている」

祈《いの》るように言《い》って、猛烈《もうれつ》な吹雪《ふぶき》の中《なか》で青《あお》い瞳《ひとみ》を閉《と》じようとした。

わたしはおなかの底《そこ》から叫《さけ》んだ。

「だめぇぇぇぇぇぇぇ――――――――つっ‼」

瞬間《しゅんかん》、胸元《むなもと》のスタージュエルがまばゆい光《ひかり》を放《はな》った。

夜空《よぞら》のすべての星《ほし》を集《あつ》めたかのような輝《かがや》き。

その中《なか》で、わたしは白《しろ》のウエディングドレスをまとった。

零士君《れいじくん》の手首《てくび》に巻《ま》かれていたミサンガが光《ひか》り、お母《かあ》さんが編《あ》みこんだ魔界《まかい》の文字《もじ》のつづきが、わたしが糸《いと》をつなげたところに浮《う》かびあがった。

読《よ》めないはずの魔界《まかい》の文字《もじ》が、わたしの頭《あたま》の中《なか》に音《おと》となって響《ひび》く。

「アンブリッジ・ディスタント！」

わたしは呪文《じゅもん》を唱《とな》えて、スタージュエルの杖《つえ》をふり下《お》ろした。

まばゆい閃光《せんこう》が走《はし》る。

閃光《せんこう》はふたりを覆《おお》っていた氷《こおり》を砕《くだ》き、白《しろ》い獣《けもの》に巻《ま》きついていたいばら、バラの刻印《こくいん》を断《た》ち切《き》った。

「うぅ……っ！」

光《ひかり》を浴《あ》びたジュリエットさんが、顔《かお》をゆがめて後《あと》ずさる。

白《しろ》い獣《けもの》もよろけて倒《たお》れた。

わたしは駆《か》け寄《よ》り、零士君《れいじくん》を助《たす》け起《お》こしながら、大《おお》きな声《こえ》で叱《しか》った。

「零士君《れいじくん》の、おバカさん!!」

青《あお》い瞳《ひとみ》が驚《おどろ》いたようにまばたきする。

わたしは大《おお》きな白《しろ》い獣《けもの》を、両腕《りょううで》でぎゅっと抱《だ》きしめた。

抱《だ》きしめながら、ありったけの魔力《まりょく》をそそぐ。

やがて獣《けもの》の姿《すがた》から、零士君《れいじくん》の姿《すがた》になった。

わたしは腕《うで》を離《はな》して、青《あお》い瞳《ひとみ》を見《み》つめながら言《い》った。

「どうしてひとりで決《き》めちゃうの？　どうしてひとりであきらめるの？　零士君《れいじくん》、言《い》ったよね？　君《きみ》を守《まも》ることが婚約者《こんやくしゃ》の義務《ぎむ》だって。わたしだって同《おな》じだよ？　わたしだって、零士君《れいじくん》を守《まも》りたい……！」

零士君《れいじくん》は青《あお》い瞳《ひとみ》をゆらしながらつぶやいた。

「僕《ぼく》は罪《つみ》を犯《おか》した……そばにいながら、彼女《かのじょ》の暴走《ぼうそう》を止《と》められなかった……ジュリエットが黒魔女《くろまじょ》となるのを止《と》められなかった。命《いのち》をかけて彼女《かのじょ》を止《と》める――これは僕《ぼく》の責任《せきにん》、そ

して受《う》けなければならない罰《ばつ》だ」

零士君《れいじくん》の苦《くる》しみが、ようやくわかった。

離婚《りこん》したから終《お》わりじゃない。

ジュリエットさんを止《と》められなかったことへの、強《つよ》い後悔《こうかい》と深《ふか》い悲《かな》しみ……そんな苦《くる》しさをずっと胸《むね》に抱《かか》えていたんだ。

そのとき、ジュリエットさんの低《ひく》い声《こえ》が聞《き》こえた。

「その白魔法《しろまほう》……お母《かあ》さんと同《おな》じね」

ジュリエットさんを見《み》て、ぎくりとした。

美《うつく》しい顔《かお》の中《なか》で、つりあがった青《あお》い瞳《ひとみ》が強《つよ》い怒《いか》りに満《み》ちている。

「わたしと零士《れいじ》を無理《むり》やり引《ひ》き離《はな》した、天ヶ瀬《あまがせ》カルラ……あのいまいましい白魔女《しろまじょ》と、同《おな》じことするのね」

ぶわっ！　黒《くろ》い霧《きり》のような悪意《あくい》が、その全身《ぜんしん》から噴《ふ》きだす。

ジュリエットさんはバラの杖《つえ》をかかげて、高《たか》らかに声《こえ》をあげた。

「いらっしゃい、わたしのしもべたち」

ザザザザ……！　いばらの壁《かべ》が一斉《いっせい》に動《うご》き、その向《む》こうに、大勢《おおぜい》の人《ひと》たちの姿《すがた》が見《み》えた。

みんな裸足《はだし》で、パジャマや寝間着《ねまき》を着《き》ている。

ベッドや布団《ふとん》から出《で》て、そのまま歩《ある》いてきたといういでたちだ。

ジュリエットさんは彼《かれ》らをさして、にこやかに言《い》った。

「ご紹介《しょうかい》するわ。この近《ちか》くに住《す》んでいるみなさんよ。わたしたちとはまったく無関係《むかんけい》。眠《ねむ》っているところ、わざわざ起《お》きてきてもらったの。わたしのいばらで操《あやつ》られてね」

小《ちい》さな子供《こども》から大人《おとな》まで、50人《にん》はいる。

どの人《ひと》も、手足《てあし》や首《くび》、体中《からだじゅう》にいばらがぐるぐる巻《ま》きついている。

「わたしね、あなたのお母《かあ》さんと会《あ》ってから、白魔女《しろまじょ》について勉強《べんきょう》したの。どうすればやっつけられるのかしら、と思《おも》って」

ジュリエットさんは指揮棒《しきぼう》のようにバラの杖《つえ》をふりながら、くすくすと笑《わら》う。

楽《たの》しそうに、とてつもなく邪悪《じゃあく》に。

「白魔女《しろまじょ》は、憎《にく》しみに満《み》ちた黒《くろ》ずんだ世界《せかい》を、清《きよ》らかな心《こころ》で白《しろ》く染《そ》めかえる。絶大《ぜつだい》な魔法《まほう》で、苦《くる》しむ人々《ひとびと》を救《すく》う。情《なさ》け深《ぶか》くて、とっても優《やさ》しい……それが弱点《じゃくてん》。心優《こころやさ》しい白魔女《しろまじょ》は、無関係《むかんけい》の人《ひと》を傷《きず》つけるなんてできないでしょう？」

虎鉄君《こてつくん》が不快《ふかい》に顔《かお》をしかめた。

「無関係《むかんけい》の人間《にんげん》を盾《たて》にするってか」

零士君《れいじくん》が叫《さけ》ぶ。

「ジュリエット、よせっ！　これ以上罪《いじょうつみ》を重《かさ》ねるな!!」

その訴《うった》えを聞《き》き流《なが》して、ジュリエットさんは大勢《おおぜい》の人《ひと》たちに命《めい》じた。

「さあ、あなたたち、白魔女《しろまじょ》と悪魔《あくま》をつかまえて、たたきのめしてしまいなさい」

大勢《おおぜい》の人《ひと》たちがわたしたちに向《む》かって、一斉《いっせい》に歩《ある》きだす。

御影君《みかげくん》と虎鉄君《こてつくん》は身構《みがま》えるけど、魔法《まほう》を使《つか》えなかった。

攻撃《こうげき》すれば、無関係《むかんけい》の人《ひと》たちを傷《きず》つけることになる。

わたしたちは逃《に》げ場《ば》もなく立《た》ちすくんだ。

6

突然《とつぜん》、御影君《みかげくん》がわたしを片腕《かたうで》で抱《だ》きしめて言《い》った。

「リン、好《す》きだ」

御影君《みかげくん》の熱《あつ》い声《こえ》とまなざしに、胸《むね》がドクン！　と高鳴《たかな》る。

「リンは俺《おれ》のこと、どう思《おも》ってる？」

面《めん》と向《む》かって答《こた》えるのははずかしいけど、前《まえ》にごまかして、御影君《みかげくん》を不安《ふあん》にさせてしまったことがあった。

だからはずかしくても、ちゃんと答《こた》えようと決《き》めている。

わたしは赤《あか》い瞳《ひとみ》をまっすぐに見《み》て答《こた》えた。

「好《す》きだよ」

「なにがあっても？」

御影君《みかげくん》の表情《ひょうじょう》は真剣《しんけん》で、その赤《あか》い瞳《ひとみ》が少《すこ》し不安《ふあん》げにゆれている。

わたしは御影君《みかげくん》の赤《あか》い瞳《ひとみ》をまっすぐ見《み》つめながら答《こた》えた。

「なにがあってもだよ。御影君《みかげくん》、ずっと大好《だいす》き」

御影君《みかげくん》は微笑《ほほえ》み、そして赤《あか》い瞳《ひとみ》に決意《けつい》を浮《う》かべて言《い》った。

「リン、少《すこ》しの間《あいだ》、俺《おれ》を見《み》ないでくれ」

「うん」

御影君《みかげくん》は何《なに》かをしようとしている。

邪魔《じゃま》にならないように、わたしは御影君《みかげくん》の黒衣《こくい》にしがみついて、胸元《むなもと》に顔《かお》をうずめた。

足元《あしもと》に炎《ほのお》の魔《ま》法陣《ほうじん》が現《あらわ》れて、妖《あや》しく光《ひか》りだす。

御影君《みかげくん》が言《い》った。

「止《と》まれ」

町《まち》の人《ひと》たちの足《あし》がぴたりと止《と》まった。

「止《と》まれ、バラに操《あやつ》られし人間《にんげん》たちよ……踵《きびす》を返《かえ》し、この場《ば》から去《さ》れ。元《もと》いた場所《ばしょ》へ帰《かえ》り、再《ふたた》び眠《ねむ》りにつけ」

いつもの御影君《みかげくん》の声《こえ》とはちがう。

迫力《はくりょく》があって、威厳《いげん》があって、ひれ伏《ふ》してしまいたくなる。

静《しず》かに言《い》っているその声《こえ》が胸《むね》に轟《とどろ》く。

わたしも一度《いちど》、その力《ちから》を浴《あ》びたことがある。

(禁忌《きんき》の力《ちから》だ！)

赤《あか》い目《め》の悪魔《あくま》に見《み》つめられ、命《めい》じられたら、逆《さか》らうことはできなくなる。

その力《ちから》を恐《おそ》れられて、御影君《みかげくん》はかつて呼《よ》ばれていた。

『禁忌《きんき》の悪魔《あくま》』と。

ジュリエットさんがバラの杖《つえ》をかかげて叫《さけ》んだ。

「人間《にんげん》たちよ、白魔女《しろまじょ》と悪魔《あくま》をとらえなさい！」

バラの杖《つえ》が光《ひか》り、操《あやつ》られた人《ひと》たちがこちらへ向《む》かって再《ふた》び歩《ある》きだす。

迫《せま》ってくる人《ひと》たちに向《む》かって、御影君《みかげくん》が一喝《いっかつ》した。

「立《た》ち去《さ》れ!!」

瞬間《しゅんかん》、人々《ひとびと》に巻《ま》きついていたいばらが、四方八方《しほうはっぽう》にちぎれとんだ。

町《まち》の人《ひと》たちは御影君《みかげくん》の命令《めいれい》に従《したが》って、ゆっくりとバラ園《えん》から去《さ》っていった。

「リン、もういいぞ」

わたしは顔《かお》を上《あ》げ、御影君《みかげくん》の瞳《ひとみ》を見《み》つめて言《い》った。

「ありがとう。御影君《みかげくん》のおかげで、誰《だれ》も傷《きず》つかずにすんだよ」

「リンの役《やく》にたててよかった」

御影君《みかげくん》がうれしそうに微笑《ほほえ》んで、わたしの頬《ほお》にキスした。

虎鉄君《こてつくん》がげしっと御影君《みかげくん》のおしりを蹴《け》った。

「って!?　なにすんだ、虎鉄《こてつ》！」

「ことあるごとにチューしてんじゃねーよ！　おまえはいちいちチューしすぎだ！」

「いい仕事《しごと》をしたら、ごほうびをもらうのは当然《とうぜん》だろ。チューとかデートとか、リンとイチャイチャできるやつな」

関係《かんけい》のない人《ひと》たちを巻《ま》きこんでしまう最悪《さいあく》の事態《じたい》は避《さ》けられて、よかった。

ほっと胸《むね》をなでおろしたとき――。

「禁忌《きんき》の悪魔《あくま》……」

ジュリエットさんがつぶやいた。

すごく驚《おどろ》いた様子《ようす》で目《め》を見開《みひら》いて、御影君《みかげくん》を見《み》つめている。

「聞《き》いたことがあるわ。赤《あか》い瞳《ひとみ》をもつ悪魔《あくま》がいるって……あなたがそうなの？」

御影君《みかげくん》はつっけんどんに答《こた》える。

「だったら、なんだ？」

ジュリエットさんの目《め》の色《いろ》が変《か》わった。

瞳《ひとみ》を輝《かがや》かせて、歓喜《かんき》の声《こえ》をあげる。

「すばらしいわっ!! 誰《だれ》もあなたに逆《さか》らえない、どんな人《ひと》たちもあなたに服従《ふくじゅう》する！　あなたがいれば、世界《せかい》を思《おも》いどおりにできる！　……不安《ふあん》なんて、なくなるわ！」

ジュリエットさんは、御影君《みかげくん》にすがるように懇願《こんがん》した。

「その力《ちから》、わたしに貸《か》してちょうだい！　なんでもする、なんでもあげる、だから……！」

「なら、俺《おれ》の目《め》を見《み》ろ」

ジュリエットさんはハッと息《いき》をのむ。

御影君《みかげくん》は妖《あや》しく光《ひか》る赤《あか》い瞳《ひとみ》でジュリエットさんを見《み》すえて、

「おまえにできるか？」

「もちろんできるわ。それくらい……」

ジュリエットさんは御影君《みかげくん》と向《む》き合《あ》った。

かすかにゆれる青《あお》い瞳《ひとみ》で、赤《あか》い瞳《ひとみ》を見《み》つめる。

でもすぐに、ジュリエットさんは目《め》をそらした。

「……っ！」

御影君《みかげくん》は冷《ひ》ややかに言《い》う。

「みんな、そんなもんだ。最初《さいしょ》はすごい力《ちから》だともてはやし、神《かみ》のようにあがめる。だが、そのうちに自分《じぶん》も操《あやつ》られるかもと勝手《かって》におびえ、不吉《ふきつ》だと忌《い》み嫌《きら》うようになるんだ。でもリンは……リンだけは、俺《おれ》の力《ちから》を知《し》っても、まっすぐ見《み》つめてくれる」

虎鉄君《こてつくん》がわたしのそばに来《き》て、ジュリエットさんに言《い》い放《はな》つ。

「おまえさ、リンとはり合《あ》おうとしても無駄《むだ》だぜ。魔女《まじょ》としても、女《おんな》としても」

ジュリエットさんはキッとなって言《い》い返《かえ》す。

「わたしは大勢《おおぜい》から求婚《きゅうこん》されたわ。零士《れいじ》のほかにも、たくさん！」

「でも全員《ぜんいん》、離《はな》れていった」

ぴくりとジュリエットさんの肩《かた》が動《うご》く。

「リンは俺《おれ》たち３人《にん》の悪魔《あくま》に愛《あい》されている。勝敗《しょうはい》は一目瞭然《いちもくりょうぜん》だ」

ジュリエットさんが両手《りょうて》で顔《かお》を覆《おお》った。

わたしはハッとした。

(あれ？　いま、ジュリエットさん……——)

一瞬《いっしゅん》、泣《な》きそうに見《み》えた。

でもそれはほんの一瞬《いっしゅん》で、両手《りょうて》を下《お》ろしたジュリエットさんの顔《かお》は、怒《いか》りでゆがんでいた。

「なによ……なんなの？　どうして……どうして誰《だれ》もわたしをわかってくれないの？　もう嫌《いや》よ、最低《さいてい》、最悪《さいあく》、みんな、大嫌《だいきら》い……！」

言葉《ことば》を吐《は》きだすと同時《どうじ》に、真《ま》っ黒《くろ》な悪意《あくい》が噴《ふ》きだしている。

草《くさ》を枯《か》らし、土《つち》を真《ま》っ黒《くろ》に染《そ》めて、生《い》きとし生《い》けるものの命《いのち》を奪《うば》って、ジュリエットさんの魔力《まりょく》がぐんぐん高《たか》まっていく。

濃厚《のうこう》な悪意《あくい》をまき散《ち》らしながら、ジュリエットさんは呪《のろ》いの言葉《ことば》を唱《とな》える。

「こんな世界《せかい》いらない……失《う》せろ、消《き》えろ、滅《ほろ》べ……なにもかも――っ！」

ジュリエットさんの悪意《あくい》が一気《いっき》に増大《ぞうだい》した。

7

そのときだった。

ビシッ！

ジュリエットさんがにぎっていたバラの杖《つえ》にひびが入《はい》った。

明《あか》るかったバラの館《やかた》が急《きゅう》に暗《くら》くなり、音《おと》が消《き》える。

そして無音《むおん》を破《やぶ》るように不気味《ぶきみ》な声《こえ》が聞《き》こえた。

オオオオ……オオオオ……！

地《ち》を這《は》うようなうなり声《ごえ》が、あちこちから。

「な、なに……？」

ジュリエットさんがあたりを見回《みまわ》して、顔《かお》をこわばらせる。

うなり声《ごえ》をあげていたのは、バラのグールだった。

ジュリエットさんの魔法《まほう》で咲《さ》いたローズピンクのバラが黒《くろ》く染《そ》まり、次々《つぎつぎ》とグールになっていく。

無数《むすう》のバラグールが牙《きば》をむき、一斉《いっせい》にジュリエットさんに襲《おそ》いかかった。

「くっ、失《う》せなさいグール！」

ジュリエットさんはバラの杖《つえ》をふったけど、杖《つえ》にひびが入《はい》ったからか、魔力《まりょく》を失《うしな》ってしまったからか、グールを追《お》いはらうことはできなかった。

グールはわたしたちには目《め》もくれず、次々《つぎつぎ》とジュリエットさんにとびかかり、手《て》や足《あし》、肩《かた》や背中《せなか》に牙《きば》をたてる。

黒《くろ》いバラのグールに覆《おお》われて、ジュリエットさんの全身《ぜんしん》が真《ま》っ黒《くろ》になった。

「あああ……ああぁぁぁ……――っ！」

目《め》を覆《おお》いたくなるような恐《おそ》ろしい光景《こうけい》だ。

「ジュリエットさん！　どうして、こんな……!?」

動揺《どうよう》しているわたしに御影君《みかげくん》が教《おし》えてくれた。

「報《むく》いを受《う》けているんだ」

「報《むく》い……？」

「命《いのち》を踏《ふ》みにじれば、恨《うら》まれる。憎《にく》まれ、呪《のろ》われて、集《あつ》まった悪意《あくい》はグールと化《か》して襲《おそ》いかかってくるんだ。悪事《あくじ》を犯《おか》せば、必《かなら》ず自分《じぶん》に跳《は》ね返《かえ》ってくる。あいつは、恨《うら》まれすぎた」

虎鉄君《こてつくん》が淡々《たんたん》とした声《こえ》で言《い》った。

「零士《れいじ》、おまえに責任《せきにん》はねえぞ。おまえはさんざん忠告《ちゅうこく》した。体《からだ》をはって止《と》めようともした。なのに、あいつは聞《き》く耳《みみ》をもたなかった。──自業自得《じごうじとく》だ」

零士君《れいじくん》は真《ま》っ青《さお》な顔《かお》でうずくまり、苦《くる》しそうにあえいでいる。

まるで自分《じぶん》が報《むく》いを受《う》けているように。

わたしは零士君《れいじくん》の両肩《りょうかた》をつかんで言《い》った。

「零士君《れいじくん》、ジュリエットさんを助《たす》けよう！」

零士君《れいじくん》がハッと顔《かお》をあげ、驚《おどろ》いた顔《かお》でわたしを見《み》る。

「ジュリエットさんを助《たす》けたい──それが、零士君《れいじくん》の願《ねが》いでしょう？」

「でも……あれでは、もう……！」

わたしは零士君《れいじくん》の手《て》をとり、ぎゅっとにぎりしめた。

「これで終《お》わっていいの？」

このまま放《ほう》っておけば、ジュリエットさんは自滅《じめつ》する。

襲《おそ》われる心配《しんぱい》もなくなって、めでたしって言《い》う人《ひと》もいるかもしれない。

――でも。

「こんな終《お》わり方《かた》、わたしは嫌《いや》だよ！」

きっと零士君《れいじくん》はこうなることを恐《おそ》れていたんだ。

そのためにジュリエットさんを説得《せっとく》しつづけて、苦《くる》しい思《おも》いをしながら、バラの刻印《こくいん》を自《みずか》ら受《う》けた。

このままじゃ、零士君《れいじくん》のがんばりがぜんぶ無駄《むだ》になってしまう。

悲劇《ひげき》で終《お》わらせちゃいけない、絶対《ぜったい》に！

「まだ終《お》わってないよ？　ジュリエットさんは、まだ生《い》きてる！」

真《ま》っ黒《くろ》なグールにのみこまれて、ジュリエットさんの姿《すがた》はもう見《み》えない。

ジュリエットさんが魔法《まほう》で咲《さ》かせたバラが次々《つぎつぎ》と枯《か》れていく。

でも、わずかだけど、まだ咲《さ》いているバラがあった。

「零士君《れいじくん》!!」

零士君《れいじくん》はキッと顔《かお》をあげ、青《あお》い瞳《ひとみ》に力強《ちからづよ》い光《ひかり》をきらめかせて言《い》った。

「リン、力《ちから》を貸《か》してほしい」

わたしはうなずいた。

「そのために来《き》たんだよ」

零士君《れいじくん》は立《た》ち上《あ》がり、強《つよ》くわたしの手《て》をにぎりしめて叫《さけ》んだ。

「氷《こおり》よ！」

足元《あしもと》にブルーの魔法陣《まほうじん》が現《あらわ》れて、氷《こおり》の結晶《けっしょう》が舞《ま》う。

零士君《れいじくん》は黒衣《こくい》をまとい、胸元《むなもと》に美《うつく》しい氷《こおり》の結晶《けっしょう》のコサージュが現《あらわ》れた。

わたしはブルーのウエディングドレスに包《つつ》まれて、結《ゆ》いあげられた髪《かみ》に氷《こおり》の結晶《けっしょう》の髪飾《かみかざ》りがつく。

一度《いちど》は砕《くだ》けて消《き》えてしまった指輪《ゆびわ》が、ふたたび零士君《れいじくん》の指《ゆび》にはまる。

わたしは傷《きず》ついている零士君《れいじくん》の頬《ほお》や首《くび》にふれて、治療《ちりょう》の呪文《じゅもん》を唱《とな》えた。

「キャロリーナ・キャロライナ！」

いばらの傷《きず》がきれいに治《なお》った。

御影君《みかげくん》と虎鉄君《こてつくん》は、炎《ほのお》と風《かぜ》でグールをはらいのけながら言《い》った。

「くっそ〜！　零士《れいじ》、それ以上《いじょう》リンとくっつくなよ!?」

「ははっ、行《い》ってこい零士《れいじ》。けじめつけてこいや」

零士君《れいじくん》はわたしと立《た》ち並《なら》び、凛々《りり》しく宣言《せんげん》した。

「ジュリエット……今度《こんど》こそ、君《きみ》を救《すく》う！」

そして、ふたりで悪意《あくい》の渦《うず》にとびこんだ。


そこはブラックホールを思《おも》わせる暗黒《あんこく》の渦《うず》だった。

ズズズズ……ゴゴゴゴ……。

真《ま》っ黒《くろ》な重苦《おもくる》しい悪意《あくい》が波《なみ》のように渦巻《うずま》き、地響《じひび》きのような音《おと》をたてている。

その中《なか》を、わたしは零士君《れいじくん》と走《はし》った。

足元《あしもと》にも黒《くろ》い波《なみ》が流《なが》れていたけど、スタージュエルの光《ひかり》に包《つつ》まれているせいか、わたしも零士君《れいじくん》も、足《あし》をとられずに進《すす》む。

前方《ぜんぽう》から大波《おおなみ》が襲《おそ》いかかってきた。

「フレイルザザン！」

零士君《れいじくん》の魔法《まほう》で、悪意《あくい》の波《なみ》が瞬時《しゅんじ》に凍《こお》り、砕《くだ》かれた。

でもすぐに次《つぎ》の波《なみ》が押《お》し寄《よ》せてくる。
零士君《れいじくん》がわたしの手《て》をにぎりしめて言《い》った。
「リン、クリンクランクの呪文《じゅもん》を！」
ずっと前《まえ》、魔法《まほう》の修行《しゅぎょう》をしていたときに教《おし》えてもらった、掃除《そうじ》の魔法《まほう》の呪文《じゅもん》だ。
そのときは使《つか》えなかった呪文《じゅもん》を、わたしはスタージュエルの杖《つえ》をにぎりながら唱《とな》えた。
「クリンクランク！」
スタージュエルからまばゆい光《ひかり》が放《はな》たれて、黒《くろ》い悪意《あくい》がきれいに消《き》えていく。
すると暗闇《くらやみ》の先《さき》に、ひとつの扉《とびら》が見《み》えた。
スタージュエルの光《ひかり》が一直線《いっちょくせん》にのびて、扉《とびら》を照射《しょうしゃ》する。
すると——ガチャ。
鍵《かぎ》が開《あ》く音《おと》がして、扉《とびら》がゆっくりと開《ひら》いた。

ギギイイイィ……。
きしむ音《おと》をたてて扉《とびら》が開《ひら》いた先《さき》に見《み》えたのは、日本《にほん》ではない風景《ふうけい》だった。
建物《たてもの》も道《みち》も石造《いしづく》りで、古《ふる》い西洋《せいよう》の町《まち》みたいだ。

石造《いしづく》りの建物《たてもの》の一角《いっかく》にお花屋《はなや》さんがあって、店先《みせさき》で、女《おんな》の子《こ》が花束《はなたば》をお客《きゃく》さんに渡《わた》しているのが見《み》えた。

「あのお花屋《はなや》さんの子《こ》……もしかして」

零士君《れいじくん》はうなずいた。

「昔《むかし》のジュリエットだ。彼女《かのじょ》はフランスの小《ちい》さな町《まち》で、小《ちい》さな店《みせ》を営《いとな》んでいた」

ジュリエットさんはお客《きゃく》さんと話《はな》しながら、花《はな》がほころぶように笑《わら》っている。

その店先《みせさき》には、白《しろ》い猫《ねこ》が座《すわ》っている。

陽《ひ》だまりみたいに、おだやかな光景《こうけい》だ。

すると風景《ふうけい》が動《うご》いて、今度《こんど》は花畑《はなばたけ》になった。

色《いろ》とりどりのバラ、他《ほか》にもさまざまな花《はな》が咲《さ》いている。

ジュリエットさんは土《つち》まみれになりながら、草《くさ》むしりをし、枯《か》れた花《はな》をとって、丁寧《ていねい》に花畑《はなばたけ》の手入《てい》れをしていた。

「これはジュリエットの花畑《はなばたけ》だ。彼女《かのじょ》は自分《じぶん》が育《そだ》てた花《はな》に、幸福《こうふく》を願《ねが》うおまじないをかけて、人々《ひとびと》に渡《わた》していた」

炎天下《えんてんか》で、汗《あせ》をぬぐいながら一生懸命働《いっしょうけんめいはたら》くジュリエットさん。

その澄《す》んだ目《め》はキラキラしている。

だけど突然《とつぜん》、風景《ふうけい》が消《き》えて、別《べつ》の扉《とびら》が現《あらわ》れた。


ギギイイイィ……。

扉《とびら》の先《さき》には、さっきと同《おな》じ花畑《はなばたけ》。

でも、すべての花《はな》が枯《か》れていた。

その中《なか》で、ジュリエットさんが両手《りょうて》で顔《かお》を覆《おお》って泣《な》いている。

「花《はな》が枯《か》れてる……どうして？」

「原因《げんいん》はわからない。ある日《ひ》、突然《とつぜん》、ジュリエットが育《そだ》てていたすべての花《はな》が枯《か》れてしまったんだ」

白《しろ》い猫《ねこ》が零士君《れいじくん》の姿《すがた》になり、いたわるようにジュリエットさんに寄《よ》り添《そ》う。

でもジュリエットさんは泣《な》き止《や》まない。

「この年《とし》だけではなかった。ジュリエットは花畑《はなばたけ》を再生《さいせい》させようとあらゆる努力《どりょく》をしたが、次《つぎ》の年《とし》も、また次《つぎ》の年《とし》も、花《はな》は全滅《ぜんめつ》してしまった」

「そんな……」

「やがて、ジュリエットは花《はな》を育《そだ》てることをやめた。人々《ひとびと》の幸福《こうふく》を願《ねが》うのは意味《いみ》のないことだと言《い》って、店《みせ》もやめてしまった」

零士君《れいじくん》は苦《くる》しそうに歯噛《はが》みしながら言《い》う。

「これがはじまりだった。ジュリエットは努力《どりょく》することをやめ、日常《にちじょう》の中《なか》で魔法《まほう》を積極的《せっきょくてき》に使《つか》うようになった。自分《じぶん》の優《すぐ》れた魔力《まりょく》に溺《おぼ》れ、噂話《うわさばなし》や陰口《かげぐち》をたたく人々《ひとびと》を傷《きず》つけはじめ、そして黒魔女《くろまじょ》に……」

そのときスタージュエルが光《ひか》って、枯《か》れた花畑《はなばたけ》の一部《いちぶ》を射《さ》し示《しめ》した。

「零士君《れいじくん》、あれはなに？」

枯《か》れた花《はな》の陰《かげ》で、黒《くろ》いものがうごめいている。

黒《くろ》い息《いき》を吐《は》き、その息《いき》が花《はな》や土《つち》を黒《くろ》く染《そ》めている。

それを見《み》た零士君《れいじくん》の目《め》が鋭《するど》くなった。

「あのとき、あんなものはいなかった」

「グールかな？」

「いや、グールとは違《ちが》う。なんだ、あの禍々《まがまが》しい生《い》き物《もの》は……？」

突然《とつぜん》、その黒《くろ》い生《い》き物《もの》がわたしたちに向《む》かって牙《きば》をむいてきた。

わたしはとっさにスタージュエルをむける。

ギャアアァ！

光《ひかり》を浴《あ》びた謎《なぞ》の生《い》き物《もの》は、身《み》の毛《け》がよだつような悲鳴《ひめい》をあげて逃《に》げていった。

そして魔物《まもの》がいた場所《ばしょ》に、もうひとつ扉《とびら》が現《あらわ》れた。


ギギイイイィ……。

第《だい》3の扉《とびら》の向《む》こうは、真《ま》っ暗《くら》だった。

暗闇《くらやみ》の中《なか》から、すすり泣《な》く声《こえ》が聞《き》こえる。

声《こえ》の方《ほう》にスタージュエルの光《ひかり》を向《む》けて、わたしは息《いき》をのんだ。

そこはローズピンクのバラの花園《はなぞの》。

その中《なか》でジュリエットさんがうずくまり、いばらに巻《ま》かれていた。

いばらのトゲが体中《からだじゅう》に刺《さ》さって、血《ち》を流《なが》しながら苦《くる》しそうにうめいている。

「ジュリエット！」

零士君《れいじくん》の声《こえ》に、ジュリエットさんはビクッとして、悲鳴《ひめい》をあげた。

「来《こ》ないで！」

周囲《しゅうい》のいばらが一斉《いっせい》に攻撃《こうげき》してきて、零士君《れいじくん》はわたしを抱《だ》いて後退《こうたい》する。

するとジュリエットさんはか細《ぼそ》い声《こえ》で懇願《こんがん》した。

「……行《い》かないで……！」

むせび泣《な》くジュリエットさんに、わたしは問《と》いかけた。

「どうして泣《な》いてるんですか？」

「……不安《ふあん》なの……」

ジュリエットさんは声《こえ》を震《ふる》わせながらつぶやく。

「花《はな》を咲《さ》かせても、枯《か》れるかもしれない……愛《あい》されていても、嫌《きら》われるかもしれない……今日《きょう》は幸《しあわ》せでも、明日《あした》は不幸《ふこう》になるかもしれない……不安《ふあん》で、不安《ふあん》で……魔法《まほう》でも消《け》せない……どうやっても、不安《ふあん》が消《き》えないの……！」

痛々《いたいた》しいその姿《すがた》に、胸《むね》が苦《くる》しくなってきた。

いばらで近《ちか》づくものを傷《きず》つけながら、自分《じぶん》も傷《きず》ついて。

人《ひと》を攻撃《こうげき》しながら、苦《くる》しんで涙《なみだ》している。

（これが、ジュリエットさん）

不安《ふあん》の中《なか》で身動《みうご》きがとれず、どうしたらいいのかわからなくなってしまったんだ。

「ジュリエットさん」

わたしは近《ちか》づいて手《て》をさしのべた。

いばらの鋭《するど》いトゲが、威嚇《いかく》するようにつき出《で》てくる。

わたしはおびえるジュリエットさんにそっと語《かた》りかけた。

「わたしもね、不安《ふあん》になったり、怖《こわ》くなったりすることあるよ。そんなとき、御影君《みかげくん》たちが手《て》をにぎってくれたの。そしたら勇気《ゆうき》がわいてきて、がんばろうって思《おも》ったの」

ジュリエットさんはびくびくしながら、わたしの手《て》を見《み》ている。

すると、零士君《れいじくん》もジュリエットさんに手《て》をさしのべた。

ジュリエットさんの表情《ひょうじょう》が大《おお》きくゆれた。

「零士《れいじ》……どうして？」

零士君《れいじくん》はまっすぐジュリエットさんを見《み》つめて言《い》った。

「ジュリエット、君《きみ》を助《たす》けたいんだ」

「嘘《うそ》よ！　だってわたし、あなたにひどいことしたわ！　何度《なんど》も励《はげ》ましてくれたのに……何度《なんど》も忠告《ちゅうこく》してくれたのに……怒《おこ》ってるでしょ？　わたしを恨《うら》んでるでしょう？」

「たしかに苦《くる》しい思《おも》いをした。君《きみ》を恨《うら》んだこともある。だが、それでも……君《きみ》の幸《しあわ》せを願《ねが》わない日《ひ》はなかった」

周囲《しゅうい》のいばらが大《おお》きくゆれ、わたしたちに向《む》けられていたトゲが引《ひ》っこんだ。

ジュリエットさんがおそるおそる手《て》をのばしてくる。

わたしは零士君《れいじくん》と一緒《いっしょ》にジュリエットさんの手《て》をにぎり、幸《しあわ》せを願《ねが》う魔法《まほう》の呪文《じゅもん》を唱《とな》えた。

「『カルルクローラ』」

瞬間《しゅんかん》、スタージュエルが輝《かがや》いて、周囲《しゅうい》の闇《やみ》を照《て》らした。

悪意《あくい》の渦《うず》が消《き》えると、御影君《みかげくん》と虎鉄君《こてつくん》が駆《か》け寄《よ》ってきた。

「リン！　大丈夫《だいじょうぶ》か？」

「うん、零士君《れいじくん》が一緒《いっしょ》だったから」

見《み》ると、零士君《れいじくん》は空中《くうちゅう》を見上《みあ》げて立《た》ちつくしていた。

空中《くうちゅう》にはジュリエットさんが浮《う》かんでいる。

透《す》きとおった体《からだ》は、幽霊《ゆうれい》の蘭《らん》ちゃんみたい。

でも蘭《らん》ちゃんの姿《すがた》よりも薄《うす》くぼんやりしていて、いまにも消《き》えてしまいそうだ。

虎鉄君《こてつくん》が言《い》った。

「バラの魔女《まじょ》は死《し》んだ。グールに食《く》いつくされて」

ジュリエットさんの魂《たましい》は一筋《ひとすじ》の涙《なみだ》を流《なが》して、消《き》え入《い》りそうな声《こえ》でつぶやいた。

……ごめんなさい……。

そして、その魂《たましい》は消滅《しょうめつ》した。

あたりに咲《さ》いていたバラはすべて枯《か》れて、いばらも朽《く》ち落《お》ちて、元《もと》の植物園《しょくぶつえん》の温室《おんしつ》に戻《もど》った。

零士君《れいじくん》は自分《じぶん》に言《い》い聞《き》かせるようにつぶやく。

「枯《か》れない花《はな》は存在《そんざい》してはならない……永遠《えいえん》のバラも……――」

悲《かな》しみがにじむ声《こえ》に、胸《むね》が苦《くる》しくなる。

(助《たす》けられなかった……)

うつむくと、ジュリエットさんがいた場所《ばしょ》に何《なに》か落《お》ちているのに気《き》がついた。

なにか小《ちい》さなものが、キラキラした光《ひかり》に包《つつ》まれている。

近《ちか》づくと、それは小《ちい》さな赤《あか》い実《み》だった。

わたしは手《て》にとり、零士君《れいじくん》に見《み》せた。

「零士君《れいじくん》、これ、なにかな？」

零士君《れいじくん》はハッとし、青《あお》い瞳《ひとみ》を見開《みひら》いた。

「これは……！」

驚《おどろ》いた様子《ようす》でしばらく実《み》を見《み》つめ、そして教《おし》えてくれた。

「魔女《まじょ》と悪魔《あくま》が結《むす》ばれることによって、ひとりではなし得《え》ない強大《きょうだい》な魔術《まじゅつ》を生《う》み出《だ》すと言《い》われている」

その話《はなし》は以前《いぜん》、聞《き》いたことがある。

それがどのような魔術《まじゅつ》か知《し》りたい――それが望《のぞ》みなのだと、零士君《れいじくん》は言《い》っていた。

「リン、僕《ぼく》らの魔法《まほう》で、ジュリエットの願《ねが》いが叶《かな》えられた」

「え？」

「これはローズヒップ、バラの実《み》だ。中《なか》にはバラの種《たね》が入《はい》っている。新種《しんしゅ》のバラを育《そだ》てて、みんなに喜《よろこ》びを……それが出会《であ》った頃《ころ》のジュリエットの夢《ゆめ》だった」

わたしの手《て》のひらにのっている小《ちい》さな実《み》。

零士君《れいじくん》はそれをそっと手《て》にとり、両手《りょうて》で包《つつ》みこんで肩《かた》を震《ふる》わせた。

「ジュリエットの願《ねが》いが叶《かな》えられた……——」

わたしは震《ふる》える零士君《れいじくん》をそっと抱《だ》きしめる。

零士君《れいじくん》の体《からだ》に刻《きざ》まれていたバラの刻印《こくいん》は、跡形《あとかた》もなく消《き》えていた。

8

翌日《よくじつ》の放課後《ほうかご》。

わたしは零士君《れいじくん》と一緒《いっしょ》に、学園《がくえん》のバラ園《えん》をおとずれた。

「こんにちは、部長《ぶちょう》さん」

「天ケ瀬《あまがせ》さん、いらっしゃい」

園芸部《えんげいぶ》の部長《ぶちょう》さんと部員《ぶいん》さん3人《にん》が、作業《さぎょう》の手《て》を止《と》めて集《あつ》まってきてくれた。

ローズフェスタは大盛況《だいせいきょう》だったって。

ジュリエットさんが魔法《まほう》で壊《こわ》したものは、綺羅《きら》さんと群雲《むらくも》さんが修復魔法《しゅうふくまほう》で直《なお》してくれたみたいで、騒動《そうどう》は誰《だれ》にも気《き》づかれずにすんだ。

ローズフェスタの話題《わだい》で盛《も》り上《あ》がったあと、わたしはここに来《き》た理由《りゆう》を話《はな》した。

「あの、実《じつ》はみなさんにお願《ねが》いがあって」

零士君《れいじくん》は、ローズヒップの中《なか》に入《はい》っていた種《たね》を手《て》のひらにのせて見《み》せる。

「これを育《そだ》ててもらいたいのです」

部長《ぶちょう》さんと部員《ぶいん》さんたちはしげしげとそれを見《み》る。

「バラの種《たね》です。名前《なまえ》も、色《いろ》も、どんな形《かたち》かもわかりません。わからないことだらけで申《もう》しわけないのですが……」

部員《ぶいん》の人《ひと》たちは顔《かお》を見合《みあ》わせる。

部長《ぶちょう》さんはちょっと困《こま》った様子《ようす》で、

「バラを種《たね》から育《そだ》てるのって、すごく難《むずか》しいのよね」

「知《し》っています。時間《じかん》も手間《てま》もかかる上《うえ》、うまく育《そだ》つかどうかもわからない。ですが、なんとかこれを咲《さ》かせてほしいのです。どうか……」

零士君《れいじくん》は深《ふか》く頭《あたま》を下《さ》げる。

その様子《ようす》を見《み》て、部長《ぶちょう》さんが言《い》った。

「それなら、自分《じぶん》で育《そだ》ててみたらどう？」

「え？」

「なにか思《おも》い入《い》れがあるみたいだし。バラを育《そだ》てるにはね、時間《じかん》も手間《てま》も必要《ひつよう》だけど、なにより気持《きも》ちが大事《だいじ》だとわたしは思《おも》うの。バラはね、愛情《あいじょう》で咲《さ》くのよ」

わたしは両手《りょうて》を組《く》んで、思《おも》わず叫《さけ》んだ。

「バラは愛情《あいじょう》で咲《さ》く……部《ぶ》長《ちょう》さん、ステキです！」

すごく感動《かんどう》しちゃった。

わたしは零士君《れいじくん》に提案《ていあん》した。

「零士君《れいじくん》、園芸部《えんげいぶ》に入部《にゅうぶ》しなよ！」

えっ⁉

零士君《れいじくん》も、部長《ぶちょう》さんも、部員《ぶいん》さんたちも驚《おどろ》いて声《こえ》をあげる。

「部活動《ぶかつどう》はいくつやってもオッケーだから、星占《ほしうらな》い部《ぶ》とかけもちできるし。どう？」

「いや……しかし」

「零士君《れいじくん》、どんなバラが咲《さ》くのか、すごく興味《きょうみ》あるでしょう？　だったら、自分《じぶん》で育《そだ》てるべきだよ」

戸惑《とまど》う零士君《れいじくん》を見《み》つめながら、わたしは笑顔《えがお》で言《い》った。

「わたし、零士君《れいじくん》が咲《さ》かせたバラを見《み》てみたい」

ジュリエットさんの夢《ゆめ》であるこの種《たね》を。

零士君《れいじくん》の愛情《あいじょう》で育《そだ》てたら、きっと、とてもきれいなバラが咲《さ》くにちがいない。

零士君《れいじくん》はしばし考《かんが》えて、部長《ぶちょう》さんに質問《しつもん》した。

「失礼《しつれい》ですが、お名前《なまえ》は？」

「え？　あ、わたし？　えっと、花井美咲《はないみさき》ですけど」

零士君《れいじくん》は姿勢《しせい》を正《ただ》し、部長《ぶちょう》さんに言《い》った。

「花井部長《はないぶちょう》、1年《ねん》1組北条零士《くみほうじょうれいじ》、園芸部《えんげいぶ》への入部《にゅうぶ》を希望《きぼう》します」

きゃあ〜！

部員不足《ぶいんぶそく》に悩《なや》んでいた園芸部《えんげいぶ》に、歓声《かんせい》が響《ひび》いた。


「リン、ありがとう」

時計塔《とけいとう》へ向《む》かって歩《ある》いていると、ふいに零士君《れいじくん》が言《い》った。

「悔《く》いがないとは言《い》いきれないが……君《きみ》のおかげで、ジュリエットは救《すく》われたと思《おも》う」

そうだといいな。

「バラを咲《さ》かせられるよう、園芸部《えんげいぶ》でがんばってみる」

「うん。わたしもがんばるね。零士君《れいじくん》に頼《たよ》ってもらえるように」

「頼《たよ》って……？」

「わたしに頼《たよ》りがいがあったら、もっと早《はや》く零士君《れいじくん》の相談《そうだん》にのれたと思《おも》うんだ。そうしたら、零士君《れいじくん》もあんなに悩《なや》まずにすんだと思《おも》うから」

零士君《れいじくん》はあわてて言《い》った。

「それは誤解《ごかい》だ！　ジュリエットのことを話《はな》さなかったのは……君《きみ》が頼《たよ》りないとか、そういうことじゃない」

「え？」

「できることなら、打《う》ち明《あ》けたかった。だが……婚約者《こんやくしゃ》である君《きみ》に、前《まえ》の妻《つま》の話《はなし》をするのは、あまりにも無神経《むしんけい》なことだと……女性《じょせい》は不愉快《ふゆかい》に思《おも》うものだろう？」

わたしは首《くび》をかしげて考《かんが》える。

「みんなはどうなのか、わからないけど……わたしは零士君《れいじくん》のことがたくさんわかって、うれしかったよ。零士君《れいじくん》は、すごく責任感《せきにんかん》が強《つよ》くて、愛情《あいじょう》の深《ふか》い悪魔《あくま》なんだって」

突然《とつぜん》、零士君《れいじくん》がわたしの頬《ほお》にキスしてきた。

はうっ⁉

びっくりして固《かた》まっているわたしを見《み》つめながら、零士君《れいじくん》は色《いろ》っぽい声《こえ》でささやいた。

「リン……君《きみ》はバラよりも――いや、世界中《せかいじゅう》のなによりも興味深《きょうみぶか》い。知《し》れば知《し》るほど、惹《ひ》かれて――」

いつの間《ま》にか御影君《みかげくん》と虎鉄君《こてつくん》が背後《はいご》にいて、零士君《れいじくん》ににらみをきかせていた。

「零士《れいじ》、てめえ……おせーおせーと思《おも》ってたら、なんでリンにチューしてるんだよ⁉」

零士君《れいじくん》は平然《へいぜん》と言《い》い返《かえ》す。

「したくなったからした。おまえたちこそ、さんざんしていたではないか」

「零士《れいじ》、おまえ、リンと結婚《けっこん》しないっつったよな？」

「その発言《はつげん》はとり消《け》す」

「んだと～⁉」

猫《ねこ》がフーッ！　と威嚇《いかく》し合《あ》うみたいに、３人《にん》がにらみ合《あ》う。

蘭《らん》ちゃんが時計塔《とけいとう》から出《で》てきて、あきれたような溜息《ためいき》をついた。

「そうぞうしいニャンコたちね。まぁ、いつものことだけど」

いつもの風景《ふうけい》が戻《もど》ってうれしい。

わたしは微笑《ほほえ》みながら、胸元《むなもと》のスタージュエルにふれた。

（がんばらなきゃ）
この場所《ばしょ》、この時間《じかん》、そして大好《だいす》きな人《ひと》たちを守《まも》るために。
わたしはスタージュエルをにぎりながら、心《こころ》を引《ひ》きしめた。

【おわり】

猫《ねこ》のつぶやき

零士《れいじ》「御影《みかげ》、虎鉄《こてつ》、今回《こんかい》は迷惑《めいわく》をかけたニャ」
虎鉄《こてつ》「お、素直《すなお》に謝《あやま》るなんて、めずらしいニャ～」
零士《れいじ》「元妻《もとつま》のことだからな……僕《ぼく》にも責任《せきにん》はあるニャ」
御影《みかげ》「すごく迷惑《めいわく》だったニャ!
リンとベタベタして、リンにウエディングドレス着《き》せやがって!」
零士《れいじ》「それはまったく悪《わる》いと思《おも》っていないニャ」
御影《みかげ》「ニャンだと!?」
虎鉄《こてつ》「まーまー。俺《おれ》たちだって、いいことあったじゃニャいか。
リンと一晩《ひとばん》同《おな》じ布団《ふとん》で寝《ね》て、ニャンニャンしただろ?」
御影《みかげ》「ニャン♡ 幸《しあわ》せな夜《よる》だったニャ～♡」
零士《れいじ》「ちょっと待《ま》て。僕《ぼく》がいない間《あいだ》に、リンと一緒《いっしょ》にニャンニャンしたのか!?」
御影《みかげ》「いないおまえが、バカなんだニャ～」
虎鉄《こてつ》「そーそー。リンも言《い》ってただろ、『零士君《れいじくん》のおバカさん!』って」
零士《れいじ》「……」
虎鉄《こてつ》「ニャ? どうした?」
零士《れいじ》「いや、悪口《わるくち》であるバカという言葉《ことば》も、
リンに言《い》われると愛《あい》を感《かん》じるから不思議《ふしぎ》だ……あれは、胸《むね》が高鳴《たかな》ったニャ」
御影《みかげ》・虎鉄《こてつ》「……」
御影《みかげ》「『御影君《みかげくん》のおバカさん♡』」
虎鉄《こてつ》「『虎鉄君《こてつくん》のおバカさん♪』」
御影《みかげ》「ホントニャ! これはトキめくニャ!」
虎鉄《こてつ》「俺《おれ》も、リンにおバカさんって言《い》われたくなってきたニャ!」
御影《みかげ》「おバカさんって言《い》われるには、
おバカなことをしなきゃならないニャ!」
虎鉄《こてつ》「それなら得意《とくい》ニャ♪ お先《さき》ニャ～!」
御影《みかげ》「待《ま》てニャ! 俺《おれ》だって、
おバカなことなら負《ま》けないニャ～!」
零士《れいじ》「いったい何《なに》をするつもりニャ!?」

（おしまい）

Shogakukan Junior Bunko

★小学館ジュニア文庫★

白魔女リンと3悪魔 エターナル・ローズ

2018年 1月29日　初版第1刷発行

著者／成田良美
イラスト／八神千歳

発行人／立川義剛
編集人／吉田憲生
編集／山口久美子

発行所／株式会社　小学館
〒101-8001　東京都千代田区一ツ橋2－3－1
電話　編集　03-3230-5105
販売　03-5281-3555

印刷・製本／中央精版印刷株式会社

デザイン／佐藤千恵+ベイブリッジ・スタジオ

Printed in Japan　ISBN 978-4-09-231213-5

★「小学館ジュニア文庫」を読んでいるみなさんへ★

この本《ほん》の背《せ》にあるクローバーのマークに気《き》がつきましたか？

オレンジ、緑《みどり》、青《あお》、赤《あか》に彩《いろど》られた四《よ》つ葉《ば》のクローバー。これは、小学館《しょうがくかん》ジュニア文庫《ぶんこ》のマークです。そして、それぞれの葉《は》の色《いろ》には、私《わたし》たちがジュニア文庫《ぶんこ》を刊行《かんこう》していく上《うえ》で、みなさんに伝《つた》えていきたいこと、私《わたし》たちの大切《たいせつ》な思《おも》いがこめられています。

オレンジは愛《あい》。家族《かぞく》、友達《ともだち》、恋人《こいびと》。みなさんの大切《たいせつ》な人《ひと》たちを思《おも》う気持《きも》ち。まるでオレンジ色《いろ》の太陽《たいよう》の日差《ひざ》しのように心《こころ》を暖《あたた》かにする、人《ひと》を愛《あい》する気持《きも》ち。

緑《みどり》はやさしさ。困《こま》っている人《ひと》や立場《たちば》の弱《よわ》い人《ひと》、小《ちい》さな動物《どうぶつ》の命《いのち》に手《て》をさしのべるやさしさ。緑《みどり》の森《もり》は、多《おお》くの木々《きぎ》や花々《はなばな》、そこに生《い》きる動物《どうぶつ》をやさしく包《つつ》み込《こ》みます。

青《あお》は想像力《そうぞうりょく》。芸術《げいじゅつ》や新《あたら》しいものを生《う》み出《だ》していく力《ちから》。立場《たちば》や考《かんが》え方《かた》、国籍《こくせき》、自分《じぶん》とは違《ちが》う人《ひと》たちの気持《きも》ちを思《おも》い、協力《きょうりょく》しあうことも想像《そうぞう》の力《ちから》です。人間《にんげん》の想像力《そうぞうりょく》は無限《むげん》の広《ひろ》がりを持《も》っています。まるで、どこまでも続《つづ》く、澄《す》みきった青《あお》い空《そら》のようです。

赤《あか》は勇気《ゆうき》。強《つよ》いものに立《た》ち向《む》かい、間違《まちが》ったことをただす気持《きも》ち。くじけそうな自分《じぶん》の弱《よわ》い気持《きも》ちに立《た》ち向《む》かうことも大《おお》きな勇気《ゆうき》です。まさにそれは、赤《あか》い炎《ほのお》のように熱《あつ》く燃《も》え上《あ》がる心《こころ》。

四《よ》つ葉《ば》のクローバーは幸《しあわ》せの象徴《しょうちょう》です。愛《あい》、やさしさ、想像力《そうぞうりょく》、勇気《ゆうき》は、みなさんが未来《みらい》を切《き》りひらき、幸《しあわ》せで豊《ゆた》かな人《じん》生《せい》を送《おく》るためにすべて必要《ひつよう》なものです。

体《からだ》を成長《せいちょう》させていくために、栄養《えいよう》のある食《た》べ物《もの》が必要《ひつよう》なように、心《こころ》を育《そだ》てていくためには読書《どくしょ》がかかせません。みなさんの心《こころ》を豊《ゆた》かにしていく本《ほん》を一冊《さつ》でも多《おお》く出《だ》したい。それが私《わたし》たちジュニア文庫編集部《ぶんこへんしゅうぶ》の願《ねが》いです。

みなさんのこれからの人生《じんせい》には、困《こま》ったこと、悲《かな》しいこと、自分《じぶん》の思《おも》うようにいかないことも待《ま》ち受《う》けているかもしれません。どうか「本《ほん》」を大切《たいせつ》な友達《ともだち》にしてください。どんな時《とき》でも「本《ほん》」はあなたの味方《みかた》です。そして困難《こんなん》に打《う》ち勝《か》つヒントをたくさん与《あた》えてくれるでしょう。みなさんが「本《ほん》」を通《つう》じ素敵《すてき》な大人《おとな》になり、幸《しあわ》せで実《みの》り多《おお》い人生《じんせい》を歩《あゆ》むことを心《こころ》より願《ねが》っています。

小学館ジュニア文庫編集部

〈ジュニア文庫でしか読めないオリジナル〉

いじめ　14歳のMessage
お悩み解決！　ズバッと同盟　長女VS妹、仁義なき戦い!?
お悩み解決！　ズバッと同盟　おしゃれコーデ、対決!?
緒崎さん家の妖怪事件簿
緒崎さん家の妖怪事件簿　桃×団子パニック！
緒崎さん家の妖怪事件簿　狐×迷子パレード！
華麗なる探偵アリス&ペンギン
華麗なる探偵アリス&ペンギン　ワンダー・チェンジ！
華麗なる探偵アリス&ペンギン　ミラー・ラビリンス
華麗なる探偵アリス&ペンギン　サマー・トレジャー
華麗なる探偵アリス&ペンギン　トラブル・ハロウィン
華麗なる探偵アリス&ペンギン　ペンギン・パニック！
華麗なる探偵アリス&ペンギン　ミステリアス・ナイト
華麗なる探偵アリス&ペンギン　アリスVS.ホームズ
華麗なる探偵アリス&ペンギン　アラビアン・デート
華麗なる探偵アリス&ペンギン　パーティ・パーティ

きんかつ！
きんかつ！　恋する妖怪と舞姫の秘密
ギルティゲーム
ギルティゲーム　stage2 無限駅からの脱出
ギルティゲーム　stage3 ベルセポネー号の悲劇
ギルティゲーム　stage4 ギロンバ帝国へようこそ！
銀色☆フェアリーテイル　①あたしだけが知らない街
銀色☆フェアリーテイル　②きみだけに贈る歌
銀色☆フェアリーテイル　③夢、それぞれの未来
ぐらん×ぐらんぱ！　スマホジャック
ぐらん×ぐらんぱ！　スマホジャック　～恋の一騎打ち～
12歳の約束

白魔女リンと3悪魔
白魔女リンと3悪魔　フリージング・タイム
白魔女リンと3悪魔　レイニー・シネマ
白魔女リンと3悪魔　スター・フェスティバル
白魔女リンと3悪魔　ダークサイド・マジック
白魔女リンと3悪魔　フルムーン・パニック
白魔女リンと3悪魔　エターナル・ローズ
天才発明家ニコ&キャット
天才発明家ニコ&キャット　キャット、月に立つ！
謎解きはディナーのあとで
のぞみ、出発進行!!
バリキュン!!
ホルンペッター
さくら×ドロップ　レシピ1：チーズハンバーグ
ちえり×ドロップ　レシピ1：マカロニグラタン
みさと×ドロップ　レシピ1：チェリーパイ

次はどれにする？　おもしろくて楽しい新刊が、続々登場!!